少女妄想中
入間人間

少女妄想中

入間人間

輕文學
Light Literature

少女妄想中

Girls on the RUN

真希望能永遠用全力踏著地面衝刺。

我想實現自己的心願，用力蹬開雙腳掙扎著，並且隨著愈來愈急促的呼吸，發出喘息聲。

每到這時候，就會瞥見她的身影。

隨著風輕柔撫過身體的觸感，今天她也來了。認出那背影的瞬間，我的大腿與頭立刻發燙，全身都在為這引頸企盼的相逢歡呼。

她輕巧地跑在我數步之前，像夢境一樣，但她擺動的手臂、腳步聲卻歷歷在目。為了緊緊跟隨她的背影，我保持全速。然而這已經是我的極限了，因此即使我再逞強，也只是乾著急，不可能提升速度。

所以，我追不上她。

不論再怎麼努力，就是無法拉近距離。

眼看著她通過老師身旁，我繼續拔腿狂奔。我知道自己已經抵達終點，腳步卻停不下來，只能一股腦兒追趕她。我仍在奔跑。

不知夢見過多少次，我與她縮短距離，短到伸出手就能碰到她的肩膀。
然而，以夢作結的這個結果要持續到什麼時候呢？
我與她的足音宛如車輪般重疊。明明我們的步伐與速度都一樣啊。
但我的腳步終究是遲了。我倒抽一口氣，在速度減慢時放棄。唉，就到此為止了。
我緩緩減速，邊走邊調整呼吸，低著頭將雙手撐在膝蓋上。
腳邊有著校舍長長的影子，看來我又跑了好一段距離。
「妳要跑去哪？」
社團指導老師追了上來。跑去哪？嗯……天涯海角吧。
只要是有她在的地方。
「妳已經是第一了。」
老師說著，我回過頭。我的聲音與身體自然而然地對「第一」這個字起了反應。
「不……」
連汗都忘了擦，我搖頭。
「還有人跑得比我更快。」
自從會跑步以來，我從來沒有追上過她。

「妳有視為目標的對手嗎？」

「……嗯，對啊。」

我把手離開膝蓋，抬起頭。

心跳依然劇烈，氣息也很紊亂，平坦的操場在我眼中高高隆起。

不論如何凝視遠方，停下腳步的我，都已經看不見她了。

第一次遇見她，是在我四歲那年。我猜她的年紀應該與我相仿。那時我正要從一所有點遠的公園回家。夕陽西斜，將城鎮的影子染得通紅，我心想再不趕快回去，肯定會被母親臭罵一頓，因此明明被叮嚀過馬路如虎口，仍決定在路邊用跑的。我居住的小鎮位在離海很遠的鄉下地方，家附近連人行道都沒有。

「用跑的吧！我趕時間！」

我向一起回家的朋友說。雖然運動神經不好的友人「啊？」了一聲表示不滿，但我仍在宣布「衝！」後拔腿狂奔。幸好這裡就像我剛才說的，是鄉下地方，所以車輛極少。儘管隔著住宅區新鋪好的大馬路上，車輛川流不息，但對此時此刻的我而言，那都是另一個世界。

從家到附近的幼稚園、公園，大概就是我能靠雙腳移動的距離。

於是我跑了起來，用短短的腿奮力蹬地，讓身體跳躍似地前進。沉醉在蓄力與反作用力快感中的我，忍不住愈跑愈快。我使出更大的力氣用力衝刺，不但沒有喘起來，反而還樂在其中。

遠方的天空紅似火。看著壓境而來的橙紅，與像羽毛般輕飄飄的薄雲，我的心一陣燥動，難以平靜。焦灼感驅使我再度加快腳步。呼吸也愈來愈急促，手臂擺動得更大了。

接著。

她就像一滴水，穿過天空，降落在這遼闊的大地。

當我一回神，眼前已經有個女孩在奔跑。

我明明沒有眨眼，也沒有東張西望，卻突然撞見她的背影。高高綁起的馬尾，隨著風與身體的律動大幅搖擺著。女孩的身高與我差不多，像在引誘我似地跑在前方。怎麼回事？我心想。我的眼中只剩她的背影，腳步慢不下來。

「……喂！」

要在跑步時好好說話是很困難的，更何況是全力衝刺。我因為胡亂出聲而打亂了呼吸節奏，提前喘了起來，慌亂之中還不小心嗆到，只好停下。

在我止住腳步的同時，女孩的身影消失了。

我張開嘴，不僅喉嚨乾渴，精神也很恍惚，身體動彈不得。

「不要丟下我啦！」朋友芹芹拖著腳步追上來。我瞥了她一眼，再度大步向前。不見了。在這條沒有任何隱蔽處的筆直道路上，哪裡都看不見她的身影。

彷彿她就融化在遠方地平線與夕陽交織而成的夾縫中。

「小津？妳在找什麼？」

芹芹繞到我面前，汗珠使她的瀏海緊貼著額頭。

「不知道。」

我不曉得怎麼說明，只好據實以告。芹芹不曉得是怎麼解讀的，噘著嘴對我說「妳好壞」。我也擺出架式，不甘示弱地嗆了聲「哪有」。

我們互敲彼此的頭，但我腦海中全是那個消失的女孩。

那天我鑽進棉被裡，輾轉難眠。

事發後隔天，我從幼稚園回家。

母親牽著我的手，走在和昨天一樣的路上。

「嗯……」

那個女生應該不太可能出現在這裡。我邊打呵欠邊環顧四周，擦掉泛出的淚水。我想如果她住附近，或許會來上學，便在幼稚園裡到處尋找，繞了一圈後才想起自己只看過她的背影，不曉得長相。但我猜，她應該不在。

幼稚園裡沒有這種神出鬼沒的小孩。

「嗯……」

「怎麼啦？」

走在一旁的母親側著頭問我。就算說了，她也會以為我在作夢吧。

可是我遇見那個女生時，地面的觸感、風的氣味和阻力……原本我也想說服自己在作夢，可是記憶卻那麼清晰，所以那肯定不是夢。

如果她就在現實的彼端……？

我鬆開母親的手。

一個人筆直地衝出去。

書包在身上搖晃，我小口喘息，緩緩跑了起來。映入眼簾的只有我家。回想起昨天的情境，我繃緊手腳開始加速。母親的聲音從後方傳來，但我沒有理會，依然向前衝。
可是不論我跑多遠，都沒看見那個女孩。
一定是速度不夠快。
不知是直覺還是命運，一種無形卻尖銳的東西，提醒著我的不足。
書包太礙事了，我咕噥著，把書包扔到一邊，繼續奔馳。雙腳大大地、用力地往前跨。
奮力一踩，身體就倏地往前。剛開始還覺得上半身很沉，像是拖著身體在跑，但隨著腳的動作愈來愈順暢，上下半身也逐漸同步了。連擋在肩膀上的風阻都能忽略。
於是我的身體自然而然地，逕自往前飛馳。
腳步聲與流逝而過的風景速度達到一致。
接著，她來了。
像是在回應我的速度，那個女孩又出現了。
她的服裝和昨天略有不同，但從髮型來看肯定是她。
為什麼總是在我跑步時現身呢？
我不知道，只能接受眼前的事實，告訴自己她就是這樣。

畢竟是第二次相遇，我開始能用比較冷靜的心態來觀察她，結果嚇了一跳。她跑得好快！

不論如何拚命，我恐怕都追不上。

只要稍微放慢腳步，一定轉眼間就會被拉開距離。

然後，她就會消失不見。

我使盡吃奶的力氣揮動手臂，緊咬著她不放，但全力衝刺不可能維持太久。

更何況我沒有熱身，不一會兒側腹就傳來刺痛。

已經不行了……我把身體往前傾，彎成く字形。

粗重的喘息使我的嘴巴、鼻子扭曲成一團。

然後那女孩像是發現了我，邊跑邊回過頭來。

「……………………啊。」

那一瞬間，我連自己凌亂的呼吸都感覺不到了。

她一滴汗也沒流，露出牙齒對著我燦爛一笑。

我嚇得像是要往後仰一般，停下腳步。

她的嘴唇、漂亮的牙齒，閃亮的雙眼流露出強烈的好奇心。

與她那隨風舞動、乾爽的髮絲相反，一種沉重、煎熬的感覺向我襲來。

我的指尖和頭劇烈麻痺。

女孩消失後，那分毫不減的激烈衝擊，仍在我心中碰撞。

「突然亂跑很危險耶！」母親生氣的聲音隱隱傳來。

我嚴重耳鳴，席捲而來的疲勞與風聲變得模糊不清。

我輸了。

我覺得自己輸給了那女孩的笑容。

從此以後，我就非常在意這個只有我看得見的「女孩」。

只要我奔跑，她就會在任何時間、任何地點現身。

似乎當我全力衝刺到最高速，就會撞見也在奔馳的她。為什麼呢？

與其說撞見……其實我連她的動作、腳步聲都感覺得到。所以應該不是幻覺。

然而隨著個子愈長愈高，我漸漸知道這有多麼荒謬。一般人再怎麼全力衝刺，都不會遇見這樣的女孩。一開始，我和芹芹一起玩瑪利歐賽車，盯著重播最佳紀錄的賽車鬼影時，我還以為就是它了，但又覺得不太一樣，只好重新思索。奔跑的女孩不像是重播的影像，我可以感覺到，她有意識。

總之，我想先追上她的背影。

想將手搭上她的肩膀。

想知道之後會發生什麼事。

看看會不會是某種開始，或是有什麼會消失。

以及我能不能從正面抵擋她的笑容。

我變成了一個不論上學、放學、回家後，腦袋瓜裡整天只裝滿跑步的小學生。母親對我說：「妳真喜歡跑步。」但其實有點不一樣。

我沉迷的是在跑步後會發生的事。

我奉獻出大把時間，只為了與她僅僅數秒，最多也只有十幾秒的相逢。

日子一天天過去，我練就了一身跑步技巧，不知不覺間，同年級裡已經沒有人跑得比我快了，連男生都被我輕鬆追過。或許我有跑步天分吧？當天分結合努力，同學便接二連三落在後頭了。

唯獨她例外。

不論我跑多快，都追不上她。

要說她只是幻覺，倒也不是不行。

但我發現，我不想讓她只是幻覺。

跑著跑著，六年匆匆忙忙過去了。升上國中，個子高了，腿也長了，服裝也變了。

我是，她也是。

老師說必須參加社團，看見操場上有人練跑，於是我立刻選了那個。也就是所謂的田徑社。在校外跑，在校內竟然也想跑個夠，這連我自己都想吐嘈。但我就是不願停下。每次想到動機，都有點不好意思。

我大概是希望透過跑步，多少更接近她，才參加田徑社的吧。畢竟我與她之間只有跑步這個連結點。或許我期盼跟她有更具體的交集。

我無法很精確地說出口，跑步對我而言到底有什麼意義。

但我確信，我的內心深處渴望著她的笑容以及縮短與她之間的距離。

「是喔，田徑社。」

我向朋友報告，她的反應很冷淡，似乎毫無興趣。

隨著時間過去，大家對芹芹的稱呼變成了小芹，對我的稱呼從小津變成了攝津。

芹和津的發音其實有些相似。雖然芹是名字，攝津則是姓。親朋好友喚我們「小芹」和「小津」，聽起來常常混淆，實在不勝其擾。

「小藍。」

不知從什麼時候開始，小芹習慣這麼叫我。

我叫青乃，因為青就是藍，所以是小藍。

背著小學書包的那六年，她都叫我小津，所以我一時還不習慣。

「怎麼了？」

「妳真的很喜歡跑步耶。」

她的語氣和表情，似乎透露著無奈。這應該不是我的錯覺吧？

小芹有著高高的朝天鼻，給人很活潑的印象。她的個性與長相一樣倔強又頑固。記得以前，她的臉部線條還很柔和、稚嫩，現在已經變得很成熟了。強勢如她，只有那頭有著微捲瀏海的中短髮是柔軟的。

「沒有啊，沒特別喜歡。」

「那妳為什麼一直跑？」

「嗯……」

如果老實說我在追女生的幻影，小芹應該會嗤之以鼻吧。

「嗯……」

「到底是怎樣？」

小芹大概發現我想迴避話題，不高興地噘起嘴。

「要追上妳好困難。」

「對不起。」

我不會叫她不要追，因為小芹一定也有追的理由。

就像我一樣。

出學校後，我們稍微走了一會兒，小芹斜眼瞪著我。

「妳不要突然暴衝喔。」

被看穿了。我的右腳底在空中劃出一道不可靠的弧線。

「啊……嗯。」

有時突然想見她，就會情不自禁地跑起來。

像這種衝動，我個人認為應該重視這份感覺，但身邊的人似乎無法理解。畢竟這就像夏蟲語冰，要其他人體會實在太困難了。

如果自顧自地跑起來，國小時大家還會說我很有精神，到了國中就會認為我是過動兒。依據情況不同還有可能會覺得我腦袋有問題或是很危險。隨著長大，阻礙愈來愈多，要跑出最高速這件事也因此受限。

我曾經想過這是否和移動時速有關，但當我坐車或搭電車時，卻又遇不到她。窗外只有一成不變的風景，與隨處可見的地底的黑暗。窗戶上映照出我為了尋找她而焦躁不安的雙眼。原來我看起來那麼憔悴，我對自己的臉孔泛起一絲不安。

應該與速度無關。

但只要我使出當下的全力，她就會出現在我眼前。現在是，小時候也是。

我們的關係一點也沒變。

不過當年相遇時和我一樣年幼的她，如今也長大了。她穿著與我不同學校的制服，個子比我高一點。會長高的幻影應該很罕見吧？

看她全力衝刺的模樣，彷彿一點都不在意自己穿著裙子，每次都讓我有點不好意思。這樣真的沒關係嗎？雖然我自己也沒有資格說別人就是了。只是霸占她從裙底伸出的修長雙腿，會使我萌生一種難以言喻、無可取代的亢奮感。對別人的腿我就不會。

一想到這裡，我就好想不顧眾人的眼光奔馳。但小芹一定又會生氣，所以我克制了下來。

「妳哥還好嗎？」

小芹有個大她三歲的哥哥，不過我幾乎沒和他說過話。

「不就老樣子？啊，之前帶了女朋友回家。」

「是喔。」

雖然是別人的事，但聽到這類話題還是讓我有些難為情。應該是不習慣吧。

我帶開話題。

「話說回來，小芹妳加入了哪個社團呀？」

小芹運動細胞不好，應該是藝文類的社團吧？我不禁想像。

「田徑社。」

小芹不高興地說道。

「咦……」

「妳那什麼反應？」

「妳沒問題嗎？」

雖然還不清楚實際的狀況，但練習若是很嚴苛，一定很痛苦。

「沒問題，這也沒什麼吧。」
「不用特地來陪我啦。」
「我又不是因為要陪妳！」小芹怒斥。看來是我弄錯了。
但我也想不到其他小芹會想練跑的理由了。

參加田徑社社團活動的第三天，老師對我說了一些話。
就在我盯著她跑去的方向的時候。
「妳速度很快。」
我調整呼吸，抬起頭。
「嗯。」
沒追上她，即使受到稱讚我也高興不起來。
而且我也擔心被超越的學長姊們會不會不高興。
「但妳的跑法會讓腳受傷。」
老師看著我的膝蓋提醒我。他是指什麼跑法？

現在的跑法是我追她時不知不覺學會的，並不是刻意練習而來。

「要改掉唷。」

「好……」

如果速度會變慢，那我應該不會改。

「還有，跑步時把頭髮綁起來如何？」

老師看起來很開心的樣子，比手畫腳地指導我。

「嗯。」

我撩起留到側腹的髮尾，心想綁起來或許也不錯。

話說回來，我到底為什麼要把頭髮留這麼長呢？……大概只是懶得整理吧。

我靠近正在喘氣的小芹。她對我說「妳跑好快」，聽起來像在抱怨。

「小芹只要練習也會變快呀。」

身形單薄的小芹站在操場上，自討沒趣似地把頭扭向一旁。

除了社團活動以外，其他時間我都不能跑。跟國小時相比，國中的上課時間變長，與她見面的時間也變短了。這讓我有些焦急。

課堂上只要有空，我就會自然地握住自動鉛筆，在筆記本上畫下烙印在腦海中的她。可惜我在藝術領域的成長與跑步不同，只能用資質駑鈍來形容。如果像烏龜爬步那倒還好，但我覺得我連一點點進步都沒有。

背影還勉強畫得出來，笑容就無法複製了。

明明就像描照片一樣，只要把記憶裡的線條畫下來就好，卻這麼困難。

午休時我草草結束午餐，希望至少能把她的背影畫好而練習著。手肘輕輕擺動時，拉高的制服空隙會露出一點點側腹，那使我心跳加速。還有白淨的膝蓋後側，與來回擺動的馬尾……我會像這樣描繪她，然後把畫不好歸咎到繪畫功力以外的因素，例如只有黑白兩色，會限制我的想像力。

聽見聲音，我抬起頭。小芹正在遠處的座位和其他同學有說有笑。幾個女生聚在一起，小芹與她們一來一往，神色開朗，和平日截然不同。跟和我在一起時相比，簡直是天壤之別。

哪個才是沒戴上面具的小芹呢？想起小時候，我猜現在開開心心的才是真正的她。我看著小芹，與她四目相接。那一瞬間，小芹的表情變得有些嚴肅，像是在責怪我。

小芹跟我在一起的時候似乎相當不快樂，但她還是喜歡黏著我。

那天也是。

「要不要去吃冰淇淋？」

「啊？」

社團活動結束後，我在外頭乘涼，小芹向我邀約。

「為什麼？」

「因為我想吃。」

「好吧。」

畢竟我也有點想吃，沒什麼不好。

「那我們走吧。」

小芹的表情稍微柔和了一些。

「啊，可是我沒帶錢。」

在學校用不到錢，所以我的錢包裡只有幾枚十圓銅板。

「我請妳。」

「這麼大方。」

那我立刻去換衣服。這麼說完後，我馬上衝往社團教室。

在我全力衝刺前就抵達門口了，有點可惜。

換好衣服後，我與小芹並肩走了一會兒，她提醒我。

「不要跑唷。」

「嗯。」

我發覺她每次都會這樣叮嚀我。

「因為我追不上妳。」

小芹說完噘起嘴，像在鬧彆扭。

追不上。

那種心情……

「我懂。」

「懂什麼啦。」

嗯嗯。我親暱地拍拍小芹的肩膀。「妳是怎樣？」她不悅地瞇起雙眼。

以前我們一樣高，但現在我已經比小芹矮一點了。小芹似乎發育得比較早，我則像是脫下書包，試穿國中制服的小學生一樣……但說不定再過一會兒，就會突然抽高了吧。拜託快讓我長高吧。

小芹負責帶路。我腦中的小鎮地圖，只有畫到幼稚園附近而已，絕大多數都沒紀錄。跑步的時候也沒有心思留意周圍，因為我只顧著看那個女孩。

可惜她很少回頭，讓我有些寂寞。

小芹帶我去的冰淇淋店，連我都聽過名字。店裡有座位能用餐，我單手拿著冰淇淋坐了下來。面向店外，越過玻璃可以觀察到鎮上的模樣。大樓蓋得亂七八糟，人滿為患，明明這裡與我住的是同一個小鎮，我卻感到很不自在。

「妳怎麼那麼緊張？」

「我覺得好像在大都市裡。」

「什麼啊？」

小芹輕輕笑了。她點了抹茶口味的冰淇淋，我則是點薄荷巧克力口味。

選薄荷巧克力是因為它看起來藍藍的。究竟是因為名字裡有青字，我才喜歡藍色；還是因為喜歡藍色，才取了這個名字呢？其實稍微思考一下就知道哪個才是對的，但我故意把答案想得很曖昧。

「好甜喔！」

我照實說出感想。用華麗的詞藻來形容，對我而言難度太高了。

「謝謝妳請我。」

我道謝後，「下次換小藍請。」小芹漾起微笑這麼說。有點像以前的她。

「妳常和其他朋友一起來嗎？」

看她點餐時很熟練的樣子，我隨口一問。

「還好。」

「還好喔？」

小芹含糊地帶了過去。垂下眼簾盯著冰淇淋的小芹，看上去有點膽小。

「妳會在意嗎？」

「啊？」

就在我問她是什麼意思前，她先一步打斷我說「沒事」。

是指我會不會在意小芹和其他朋友一起吃冰淇淋嗎？

如果我回「不會啊」，她一定會生氣地罵我「那妳幹嘛問？」所以我保持沉默。

我舔咬著冰淇淋，望向玻璃窗外。時間一長，就漸漸不曉得自己在看什麼了。焦點模糊，視野慢慢往外暈開。

聽起來朦朦朧朧的車輛聲響，變得更遙遠了。

過不久，我明明坐著，卻看見她了。不是奔馳中的背影，而是我從來沒仔細端詳過的正面。這不可能，一定是幻覺，是我在幻想。我的腦中一片混亂，她笑著張開雙手。

我不自覺地將身體往前傾。

願望在膨脹，貪心地出現在我面前。

意識到這點，令我更加欣喜若狂。

如果真的與她相見，會是怎樣的心情？

「妳在看什麼？」

聽到小芹叫我，我回過頭。她的嘴在抹茶冰淇淋的另一側癟成了ㄟ字形。

「看什麼……就外面啊？」

我指著玻璃窗。好光滑，店員真了不起，擦得一塵不染。

「外面的什麼？」

「什麼？就外面的……外面……」

外面除了外面，哪裡有她的身影呢？

沒錯，窗上什麼都沒有映照出來。那我到底看見了什麼？

有時，我明明望著遠方，卻又覺得自己在窺視著什麼……有種奇妙的矛盾感。

她究竟是在我的「身外」，還是「心裡」？

「原來妳看外面的時候會露出這種表情喔……哼。」

小芹噘起下唇，不悅地聳高肩膀，一副「老娘正在吃冰淇淋，不要打擾我」的模樣。

「所以我剛剛是什麼表情？」

「問妳自己呀。」

人其實往往不了解自己，當然我也搞不懂小芹的想法。

「妳為什麼生氣？」

「看見別人幸福，往往比看見別人痛苦更容易受傷。」

小芹聳著肩這麼說著，語氣中帶著一絲諷刺。

「什麼意思？」

「我只是把突然領悟到的想法說出來而已。」

「是喔。」

我決定暫時不理會正值青春期的小芹的哲學，於是再度望向窗外。

她到底是誰？

來不及出生的姊妹的魂魄、死於非命的田徑之神、精靈、幻覺、我腦筋不正常。我把第一時間想得到的所有可能性在腦中排列思考，再將在意的部分調查過之後，發現選項只剩幻覺和我腦筋不正常。

我沒有任何可能出生的姊妹，田徑界在過去也沒發生過命案，精靈應該有翅膀而且會飛，所以也排除。難不成我看見的是我的夢中情人？……有可能嗎？

如果她是真實存在的人，為什麼要出現在非親非故的我面前呢？還是說，這就是命運，所以我才看得見她？

我滿頭霧水。她只顧著在我眼前跑，什麼也沒對我說過。

「拜託妳看這邊好嗎？」

我的頭被用力地轉了過去。小芹抓住我的頭改變方向，像孩子一樣鼓著臉。

「幹嘛啊？」

「跟我道歉。」

我想反駁，但我錯在哪呢？

我不認為想念她是錯的。

「妳在想什麼？」

小芹對我盤問。總覺得她愈來愈常這樣責問我。

她就那麼在意我在想什麼嗎？

雖然我的確都在想那個女生。

「沒有啊，只是在想要怎麼跑得更快。」

這也不算說謊，畢竟我可不想一輩子都追不上她。

「跑那麼快到底要做什麼？」

「這……我也不曉得。」

我也想知道，所以才會一直跑。但我還看不見答案。

這裡就像電視裡的大都市一樣，店前人潮熙來攘往，馬路上更是車水馬龍。坐上電車到很遠的地方，人車應該會多得更難以想像吧？在這樣的城裡盡情奔跑，一來會帶給別人麻煩，二來也不太可能真的這麼做。但我們也遲早得進入這股人潮中，隨波逐流。

隨著年紀增長，名為責任與立場的重擔也愈來愈多。

可是若不扔下這些負擔，想抵達她的「世界」便是癡心妄想。

為了僅僅數秒的相逢，以及那最多跑到極限時十幾秒的邂逅，我能放下其他東西嗎？

其實現在的我，已經為此放下很多了。

「妳也差不多該改掉暴衝的毛病了吧？」

小芹用鬧彆扭似的口氣對我說。

我曖昧地動了動眼睛和嘴唇，欲言又止。

一旦我不跑步，就再也見不到她了。

見不到她的話，反而會讓我再度奔馳，直到與她相逢。

……不，或許……

「話說這冰淇淋還真好吃。」

我刻意改變話題。小芹愣了一下，我趁勝追擊。

「要吃一口嗎？」

我把吃到一半的冰淇淋遞給她，小芹的目光停留在藍藍的冰淇淋上。過了一會兒，才伸長脖子。

她不客氣地把巧克力脆片最多的地方大口咬下。

冰淇淋如月缺般，留下弧線。

小芹嘴裡嚼著，也把自己的冰淇淋遞到我面前。

「啊，我不喜歡抹茶。」

我揮揮手拒絕。小芹過了一會兒，才把冰淇淋收回。

「我會記住的。」

「嗯。」

為什麼要記下來呢？

「小芹喜歡抹茶對吧？」

「對嗯。」

「是因為家裡的影響嗎？」

「大概吧。」

她的回話太簡短，讓我有點不知該怎麼接話。

為什麼要用這種態度和我說話呢？

就連對從小玩在一塊兒的小芹，我都有那麼多不知道、不瞭解的地方。

所以我想，她一定也無法體會我所謂的幻影少女。

吃完冰又再聊了一會兒後，我們離開冰淇淋店。我以為時間沒過多久，結果太陽已經西沉了。傍晚時分特別能感覺到春天暖了、五月近了。赤金的光芒有如電線在天空延伸。暮色像把百葉窗啪啦啪啦地拉起來一樣，轉瞬即變。

「小藍，下次我們再約。」

其實不必特地說啊，我心想。但又立刻想到，不對、等等，她提醒我是對的。

「嗯，但我先說，下次換我請喔。」

得先準備錢帶在身上了。

「那就明天吧。」

「啊？明天是禮拜六耶。」

「假日也沒關係吧。」

晚風刮在小芹亮亮的鼻尖上。

「啊……嗯，也是啦。」

確實是沒什麼關係。我說服自己，扭過頭。

我們隨著腳步胡亂閒聊，不久後停在紅綠燈前。我靜靜等候，冰淇淋冰涼的口感還殘留在喉嚨與胃裡。哎，真滿足。我盯著景色回味。

接著發起呆來。

然後坐立難安。

下半身蠢蠢欲動，彷彿打了平靜的上半身一巴掌。

等待紅綠燈的雙腳不安分起來。我愈等愈焦急、愈等愈不耐煩。

汽車穿越的聲響，彷彿從腦袋前後流過。

明明站著不動，卻從遠方響起輕快的足音。

是兩人的腳步聲。

「……好。」

我小聲咕噥，以免被小芹聽見，敲了敲腿。

和小芹道別後，我要跑個夠。

期待與焦躁，在大腿後側跳動。

今天和昨天，我都和她見面了，或許明天也會。

不，這算見面嗎？

這是我無法對任何人商量的煩惱。

我繼續描繪她的背影。自從上國中後，她總是穿制服。

到了六月左右，就會換成夏季制服。

「……啊。」

我沙沙地畫著她的肩膀，突然想到。

如果這套制服真的存在，何不查查看呢？若查完後發現真的有這所學校，說不定她就在那裡上學。這一定是天啟！我沉醉在天外飛來一筆的靈感中。明明還在上課，我卻忍不住想飛奔到教室外。

我逼自己克制，耐著性子把臀部壓在椅子上。順便將畫滿塗鴉的筆記本用課本遮住。不知道為什麼，我不想讓其他人看見她，即使只是畫。

或許我對只有我看得見的她，有著一絲獨占欲吧……

她雖然讓我煩惱得不得了，卻也是我行動的指針。

我總是以她為目標，在夢境與現實間追逐，企圖捉住不確定的東西。

忍受完緩慢流逝的時間後，終於放學了。

「接下來……」

然而明明閃過這麼棒的點子，我卻雙手抱胸，一時不知該怎麼辦。

學校的制服該怎麼查呢？我沒有照片，無法問人，所以只能憑記憶。而且我們又不一定住在同一個縣市。就算想用圖像搜尋，又拍不了她。到目前為止我試過各種方法，都無法用相機將她拍下來。

「……該不會真的是鬼吧？」

可是有會長大的鬼嗎？這已經超出我的常識可以判斷的範圍了。

回到家後，我用家裡的電腦稍微查了一下。我以縣名、國中、制服等關鍵字搜尋，但也不確定她是否跟我住在同一縣市，所以我其實不抱期待。

不過看了幾頁後，我意外地發現了一個便利的網站。

網站上，縣內的國中制服一字排開。沒有寫用途，而且只放女生制服，真不曉得是怎麼回事。

「這個時代還真方便……」

就當作是這麼回事吧。

我決定不深究網站的目的，安靜地當個使用者。我把網頁捲軸往下滑，一一確認。學校並沒有多到好幾百間，所以查起來很容易。

接著，我發現了和她同樣的制服。

原來真的有啊！我吃驚地盯著螢幕。撇開模特兒的眼睛被黑線打上馬賽克，這套冬季制服和春天的她穿的是同一件沒錯。我搜尋那所國中的校名，發現雖然沒有遠到去不了，但的確有些距離，已經不在我的生活圈內了。為什麼她會穿著那裡的制服呢？若是我大腦產生的幻覺，應該不會出現我所不知道的資訊。

所以該怎麼說呢？這果然是……

雖然有點難以啟齒，但我覺得這就是命運。

我搔了搔因為充血而發癢的臉頰。得知或許她真的存在，令我興奮得數度握拳歡呼。在屋裡繞了幾圈後，我抬頭看向時鐘。現在過去有點晚了。

明天吧明天。我衝回自己的房間，跳進被窩裡。

真希望時間可以直接跳到明天早上，但恐怕今晚會事與願違，睡不著了。

到了隔天，我一整天心神不寧，不但食不知味，也不記得上課內容。

課堂結束後，一放學我便馬上衝出教室。我的腳像被掃帚掃過了一般，輕快地動了起來，三步併作兩步往鞋櫃衝去。我換好鞋子，心情很緊張。

「小藍。」

小芹大概是在半路上看到我，小跑步追了上來。

「不去社團嗎？」

「抱歉，今天我想去一個地方，所以請假。」

而且我會跑步去，應該可以當作是練習。

「哦？本姑娘可以陪妳去啊？」

「妳的語氣也太囂……啊，對不起，我是說我一個人就……」

我支支吾吾起來。反正說了她也不信，只是讓她白操心而已。

「喔。」

小芹立刻擺出臭臉，換好鞋子就走了。看來她又生氣了。我心想下次要跟她道歉，一面朝著校門前進。現在我只想盡快飛奔到她身旁。

到那裡的距離有點遠，不騎腳踏車會很辛苦。我擔心她已經回家了，如果有留下來參加社團活動，那我抵達的時間應該剛好，但我完全沒有任何關於她的情報，只知道她跑很快，所以有點期待她平日都在做什麼。

我單手拿著印好的地圖，朝著與我家完全相反的方向前進。要是不巧被家人撞見，我該怎麼說明呢？不但晚回家、蹺掉社團活動，還惹小芹生氣。

我已經豁出去了。

不久後，我順利抵達那間國中，沒有迷路。此時腳底已經熱漲發麻，走來的疲憊與緊張，使足弓傳來陣陣刺痛。

我在打算走進校門時停下腳步，心裡暗叫不妙，往後退了一些。雖然國中制服看起來都差不多，但只要稍微留意，還是可以發現我是外校生。

還是乖乖待在門口附近等吧。我躲在暗處，偷看著校門。放學的國中生三三兩兩現身，我不知道她讀幾年級，但光是看著身穿制服的女學生，我的心就噗通噗通跳。因為她們穿著和她同樣的制服，不過脖子以上就完全不一樣了。

我和校舍一起沉浸在黃昏裡，等待，然後偷看。和走出校門的學生對到眼時，我慌慌張張地躲起來，反而招來與我擦肩而過時更奇怪的目光，導致我不能隨意偷看。

每次瞄到女生制服，我就會心跳加快，確認後才鬆一口氣，放下心來。

在等待的這段時間裡，興奮漸漸轉變成了恐懼。

不假思索就跑來的我，面臨了一道難題。

如果我真的見到她，該怎麼向她搭話呢？

我想她八成、不，一定對我沒有印象吧？突然被不知名學校的女學生搭訕，一般來說都會害怕吧？何況我還狀似親密，一副快要流下感動的淚水的樣子。

她一定會退避吧？我的心情沉下來。而且老實說，我沒有自信見到她後還能保持平靜。

一定會比我想像的還要更丟盡洋相。

怎麼辦？我突然膽怯起來。見面的時候，肯定只有我一頭熱。

我好後悔沒有深思熟慮就跑來。我冷汗直流，連確認校門這件事都忘了，抓著書包的手指滑落，心臟絞痛，氣息紊亂、如坐針氈。

躲起來又這副德性，怎麼看都像可疑人士。

而且還有更可怕的事。

假如我們相遇了，然後全部都被否定了呢？

這如夢似幻的一切都會消失嗎？

寒氣爬上手臂，引起陣陣哆嗦。

後腦勺像被冰凍一樣，好冷。

還是回去吧，我心想，就這麼臨陣脫逃。

自那以後，直到畢業，我都沒有再去過那所國中。

升上高中後，我的生活基本上毫無變化。

加入田徑社，畫她的笑容，時不時惹小芹生氣。小芹還是與我讀同一所學校，但因為練習很辛苦，所以與國中時不同，這次她沒有加入田徑社。小芹似乎已經放棄追逐我了。

取而代之的，是等我的時間增加了。社團活動結束後，我常在校門口遇見小芹。一問之下，才知道在我活動結束前的這段時間，她都在圖書館看書，有時也會複習功課。

既然知道會來，何不守株待兔？這比一直追著跑輕鬆多了。

「小芹真聰明。」

「啊？」

我老實稱讚她，小芹卻不知為何以為我是在嘲笑她，瞇著眼睛瞪我。

傳達心情，真的好困難。

總之就是這樣，沒有什麼值得一提的改變。

真要說哪裡有明顯的變化，就是跑得比我快的人變多了。以前身邊沒有人能跑贏我，現在倒是有零零星星的幾個。被他們超越時，我有個不可思議的發現——此時不論我跑多快，都看不見她。大概是因為不想目睹她被追過吧。

遇見這些人，讓我領悟到，我不能再這樣不經思考地用光靠跑步活下去的想法來面對將來。這個世界沒有那麼輕鬆。即便我跑得快，也沒快到能靠雙腿賺錢。或許該像國中老師說的，改變跑法比較好嗎？但這個跑法已經根深蒂固，除此之外，沒有其他方法可以遇見她。

再來就是她的幻影變得亭亭玉立，愈來愈美了。雖然制服也換成高中的了，這次我卻不打算調查。走在鎮上，有時會發現錯身而過的學生與她的穿著似乎相同，但我刻意忽略了。

因為一旦找到她，幻影就會消逝。

連被她的幻影要得團團轉的我都會瓦解。

自從我意識到這點，就變得有些膽小。

高中三年級的春假，我決定一個人去看海。

路途有些遙遠。我轉乘巴士與電車，獨自站在不知名的沙灘上。

我深呼吸，口中便吸入了隨風揚起的沙子。

我沙沙地咬著它們。

陽光比夏天和煦，海面風平浪靜，但水面反射的光依然令人目眩。為了不弄溼行李，我把它放在離沙灘稍遠處。海水的味道灌進鼻腔裡。

來海邊是為了約會，對象當然是幻覺裡的她。

我能在任何地方見到她，然而，也不管到哪裡都追不上她。

為了見到她，我願意做任何事。諷刺的是，我真正能做的事卻少得可憐。

即使我想為了她送上什麼，也無法交到她手上。

不過至少一起在沙灘奔跑，那畫面應該很美好吧？我的想法就是那麼單純。現在不是海水浴的季節，海邊一個觀光客也沒有，跑起來不會有任何阻礙。

於是我立刻在沙灘上奔馳起來。踩在沙子上的觸感很沉，糾纏住腳底，彷彿有股重量像要把我往下拖至膝蓋，我克服它，將腳往前跨。

突然間，她出現了。即使不在鎮上，她也會現身，這讓我鬆了一口氣。

我跑啊跑，跑到沙灘的彼端，再折返。

跑啊跑，跑到另一端時，體力已經透支了。

休息。

「好累的約會啊……」

我把手撐在膝蓋上，大口喘氣笑了起來。不愧是沙灘，除了能夠維持最高速的時間變短，疲勞程度也沒法比。不一會兒她便消失了，而且還不能立刻接著跑。

但她看起來比往常都快樂。平日她很少回頭，今天每當跑步相遇時，她都回頭笑得好燦爛。我打從心底慶幸自己有來。

之後我又跑了第二、第三次，實在精疲力盡了，便坐著休息。我順手撿起掉落在一旁的空罐。陳年的汙垢卡在上頭，我想扔掉，但又怕被人撞見苛責，所以丟不下手。不過話說回來，「人」是指誰呢？

這裡一個人影也沒有。左顧右盼，就連海上也杳無人煙。

……她？

難道我現在坐在這裡，她也在身旁嗎？雖然看不見，但就在旁邊？

我揮揮手，只有隨海風揚起的沙子卡在指縫。沙就像她輕快的腳步一樣，颯颯地飛散在空氣裡。望著大海，才發現不知不覺間，我已經習慣潮水的鹹味了。

景色十分空曠，沒有任何建築物。我忽略刺目的陽光，看得出神。

白浪時不時迫近坐在遠處的我。

「海啊……」

混著海風，我小小聲地唱起歌來。

我被幻覺耍到連這種地方都來了。

是不是該去看醫生呢？不不，我搖搖頭。

這個幻覺太不可思議了。一般的幻覺即使患者不想看，還是會突然冒出來，造成當事人困擾。而她只要滿足條件就一定會出現。若我什麼也不做，就絕對看不見她。

這個幻覺是有規則的。而且非但沒有破壞我的生活，還很克制、溫柔、甜美又遙遠。

不看著她活下去，是很簡單的事。

但是這等於要我放棄初戀。

「太痛苦了。」

我吐露心聲。不論她消失，或是我追上她，都會讓我心碎。

我抱著頭，身體開始失溫，發起抖來。

待在春天的海邊太久，容易著涼。

海還是夏天來比較好。

「……下次再來吧。」

下次。

我想見她。不跑步，想和她說話，傾聽她的聲音。

想與她並坐，看同一片海。即使我害怕夢境破滅，即使這個願望很矛盾。

我不在乎她與我性別相同。

就像因為很甜所以喜歡甜食，因為很辣所以喜歡辣的食物。

因為是她，所以我喜歡。

我上了大學。

「哇！」

小芹也和我讀同一所學校。

「咦……」

「怎樣？」

「不，沒事。」

大學離家裡很遠，所以我決定租房子，但竟然變成要跟小芹一起住。

「怎麼又……」

「放妳一個人生活太危險了，而且小藍的爸媽也拜託我照顧妳。」

「啊？照顧什麼？」

「別管了。」

她推著我的背，我就這樣被趕鴨子上架似的開始了與她同住的生活。老實說，在同一個屋簷下就算了，但我並不習慣與他人共用房間，所以很擔心是否會處不好。

「今天的飯我煮好了。」

「耶！」

只吃了一次晚餐，我的擔憂就煙消雲散了。小芹似乎很喜歡照顧人。

唯有早上和假日我到外頭跑步時，她不會跟來。

「快去快回吧。」

何止沒跟來，她還會滿臉嫌棄地目送我出門。看來她很不喜歡我跑步。

「對健康很好耶。」

「哪裡好？」

我發現不論我說什麼，都只會惹她不高興，就乾脆不放在心上了。

後來在我習慣大學生活的時候，發生了一件事。

那天深夜，我鑽進被窩裡睡了一會兒，被聲音吵醒。我發現應該是小芹去上廁所，所以再度闔上眼，心想大概很快就能再度入睡了。

正當我這麼想時，響起了小芹回來的腳步聲，但方向與小芹的床有些不同。雖然伸手不見五指，但我可以感覺到有影子覆蓋了我的臉。那是小芹的人影。如果我弄錯，就是小偷或強盜，那可就麻煩了。就在我煩惱該怎麼辦時，棉被被掀開了。

我心亂如麻，正搞不清楚發生什麼事時，耳畔響起一道細如蚊蚋的聲音：「妳睡著了嗎？」

這讓我回憶起幼稚園午睡時，老師都會問小朋友「睡著了嗎？」我是乖寶寶，所以總會回答「睡著了」，老師就會要我趕快睡。這讓我幼小的心靈感到受傷。

於是我順著她的話裝睡，但其實我也不曉得自己為什麼要這麼做。

接著，一個細細的東西伸進被窩裡。偷偷摸摸的，像在摸索。我努力不讓心裡的慌張表現在背部。有人將身體貼到我背上，挨著我，抱住我。

我記得這個溫度，是小芹的體溫。

我的眼睛依然緊閉，但我知道是小芹鑽進我的被窩裡了。

「小藍。」

她悄聲喚我的名字。我感覺到一陣令人困惑的熱度。小芹的唇爬上我的後頸，像要吻我。她的氣息吐在脖子上，好癢。終於我像是要跳起來似地，忍不住回過頭去。

小芹溼潤的雙眼離我好近，我們互相凝望。往前伸出的鼻樑壓在小芹的手臂上。

她睜著眼睛僵住了，似乎發現我在裝睡，於是滿臉通紅地回到自己的被窩裡。即使房裡沒開燈，也看得出她臉色的變化，可見真的非常紅。

「既然醒了，就不要裝睡啊。」

她生氣了。之後她就背對著我側睡，一次都沒有翻身。

「對不起。」

我對著她的背影道歉。

「……我只是覺得，妳的頭髮好漂亮。」

小芹呢喃道。我曖昧地「喔」了一聲，但小芹並沒有回應。

接下來一整晚，我半夢半醒地盯著她單薄的肩膀。

如果我可以像這樣輕鬆地碰到她就好了。從她的背影中，我看見了其他女人。

以上就是我們之間發生的插曲。

再來就是我在大學附近練跑，遇見了對手。從氣質來看應該是女大學生，而且可能和我上同一所大學。雖然我沒和她說過話，但她總會趁我休息時從身邊超過我。

速度很快啊。待我追回去，兩人就像在比賽一樣，愈跑愈快。

「…………………」

「…………………」

我們相顧無言，只用跑步速度不斷增加的雙腳來說明一切。

雖然不會每天都遇到，但只要一碰見，我與她就會展開沒有結果的競爭。

大學生活便在沒有大過大失的情況下度過，一切毫無進展。

感覺只有年齡隨著時間增長，焦躁感一直纏著我。每當我又開始坐立難安，就會不顧一切奔馳起來。等到流了一身汗、精疲力竭，沒有多餘的力氣去思考，便能獲得一瞬間的解脫。我拋開羞恥，倒在地面上，覺得心情好多了。

「妳還真是跑不膩。」

小芹辛辣的一句話，道盡了我目前為止的人生。

她的幻影自從高中畢業後就換回了便服，到了大學快畢業的時候，則穿起套裝奔走。看來她也找到工作了，讓我鬆了一口氣。

到底是怎麼一回事呢？有時，我會認真地抱頭苦思。

這場永不醒來的夢，我能作到什麼時候？又或者，我想作到什麼時候？

我就這樣猶豫不決地，出了社會。

「興趣是跑步……啊，是的，我跑很快。」

「我們公司也有跑很快的員工喔，妳能跑贏他嗎？」

「應該吧。」

面試時發生了這種事，而且在我跑贏後，過沒幾天便被錄取了。話先說在前頭，我應徵的是一般職員，而不是田徑隊員。所以我也不曉得這個比賽結果跟求職有什麼關係，但至少我不必待業，算是幫了我大忙。

雖然小芹也有來這間公司面試，但最後還是去了其他公司。大學畢業後，我覺得搬家很麻煩，便繼續和小芹住在一起。小芹在那之後，再也沒有半夜鑽進我的被窩裡。因為再追問下去好像也只會讓問題更複雜，所以我決定當作沒這回事。

於是不知不覺間，我成了社會人士。

第一次步入大車站時，我大吃一驚。

裡面人山人海，哪裡還有地方能讓我全力衝刺呢？

我感到不知所措。

但都市就是方便，電車能代替人們奔馳。

工作跟我預期的一樣令人焦頭爛額。或許是因為我並非喜歡這份工作才來應徵的，以致於這種感覺更加明顯。老實說，我常感到痛苦，我幾乎沒有自由時間，公司又在一棟狹小的大樓裡，一跑起來頭馬上就會撞到牆了。更何況這裡那麼小，根本不需要跑。

夜裡，我緩緩地從公司走到車站。

「嗯。」

搭上搖搖晃晃的電車，再轉乘地下鐵，從車站走回家。

到家後，我還沒脫掉鞋子就倒在走廊上，發現原來大人是不跑步的。大概是沒有想過穿著皮鞋奔跑吧。我側躺著，迷迷糊糊地盯著以L字型朝向天花板的腳尖時門開了，小芹回來了。

「門沒鎖，我還以為……」

小芹雙手扠腰嘆了口氣。她那從上大學開始留長的頭髮，如今已經不是半長不短，變得相當長了。

「妳回來啦——」

我躺在地上和她打招呼。晃了晃腳踝，代替揮手。

「喂。」

「怎麼啦？」

「擋路。」

「喔。」

臉頰貼在冰冰的地板上好舒服。但漸漸地地板就熱了，於是我稍微挪了一下位子。

我發出窸窸窣窣的聲響，像蠑螈一樣趴在地上。

「嗚啊。」

小芹踩了我。從臀部一路踩到背，讓我聯想到因幡白兔的神話故事。

不過她沒踩我的頭，在我因此覺得小芹很溫柔時，她的臉突然皺成一團。

「怎麼了？為什麼哭？」

小芹一說，我才發現地板上有水滴。水滴清澈、柔軟，看起來不像汗水。

為什麼流淚呢？我責問雙眼，立刻找到了答案。
「因為妳把我踩痛了。」
「不要那麼誠實好不好？」
我嘿嘿嘿地笑了。小芹頓了一下，蹲下身來。
「真的嗎？」
「沒有啦，當然是開玩笑。」
我站起來示意自己沒事。臉頰上冰冷的淚珠，一抹去便立刻消失了。
「妳看，我已經沒在哭啦。」
我抬起臉來，小芹狐疑地端詳我的雙眼。
接著露出真拿我沒辦法的無奈笑容。
我知道自己為什麼哭。
因為在嶄新的現實生活中，我和她相處的時間只會愈來愈少。
我只是因為對這個現實感到恐懼而哭。

一到假日，我就像著魔似地出門練跑。

是受到威脅？還是因為工作與使命感使然？所有的一切彷彿都在綁架我，逼我狂奔。不論小芹有多擔心，我的腳步就是停不下來。

我在市內的小型運動場獨自來回奔跑。那天她不太現身，大概是因為我身體狀況不佳吧。我邊調整呼吸，邊觀察雙腿的狀況，但是並不覺得有哪裡不對勁。

進入五月後，陽光毒辣起來。比起夏天，溼氣比較少，光也顯得更刺眼。稀薄的雲擋不住太陽的強光，運動場上拉長的影子看起來疲軟無力。

我一面因口渴而喘氣，一面揉了揉朦朧的雙眼。

最近我開始會想一些危險的事情，像是朝著懸崖用力衝刺會怎樣之類的。

如果朝著斷崖絕壁、朝著面向海洋的懸崖疾馳，她會停下嗎？如果會，我就能追上她，就能碰觸她的肩膀。一靜下來，我的腦中便浮現好幾個可怕的念頭。若不是我克制住自己，一定二話不說就去試了。

不跑步的時間若愈來愈多，體力一定會衰退。

一旦衰退，她就更遙不可及了。

但不論是否陷入這樣的惡性循環，我都一樣焦慮。

不再跑步的我，以及見不到她的我，都讓我心急如焚。

就像一直在夢裡跌倒一樣，令人垂頭喪氣。

我所追求的現實，有如夢幻泡影。

睡眠不足的身體沉甸甸的。一定是這個的錯。我發現見不到她的理由後，像是要將頭給擰住似地將頭髮往上撩起。氣溫一上升，長髮便令人煩躁。從我想著要剪短，至今已經快十年了，頭髮就這樣一直被我放著不管，也沒好好整理。儘管如此，還是經常有人稱讚我髮質好。

我彎著身子繼續跑，用意志力與愛克服疲勞。

就在我準備加速前，腰部四周突然一震，像是在恐懼什麼。

我掙脫那令我頭痛欲裂的重擔，加快腳步。

告訴自己要在這裡用最快的速度衝刺，然後用力蹬向地面。

最後的那一步，真的好輕盈。

彷彿膝蓋以下都脫落了。

我的身體突然飛起來，一階階地踏在空中，接著上半身漸漸向前傾倒。

一開始我還以為是被東西絆到而跌倒。

等到我無法做出反應動作，整個人倒了下去，發現右腳不受控制，彷彿不再屬於我，才驚覺不對勁。光是脖子輕輕一動，右膝就被劇痛包圍，使我泛出淚水。

耳邊傳來自己好痛、好痛的沙啞嗚咽聲，下排牙齒不停打顫。

不論我動身體的任何地方，腳都好痛。疼痛匯集在右腳，像流進瀑布底下的深潭。

我流著口水暈了過去，黏膩的急汗覆滿我的臉。

沒有人出聲喊我，也沒有人來幫我。

而她也早就不知消失到哪裡去了，留下我獨自呻吟著。

我感覺身體龜裂，彷彿就要這樣變得四分五裂了。

以前小芹曾經問過我一件事，印象中是在我們找工作的時候。

「妳有想做的工作嗎？」

沒有。就算小芹對我說小時候的夢想也可以，但我回想自己的夢想，才發現全都是她。

學齡前天真無邪的夢想，在我遇見她以後，就全被她帶走了。

就各種意義上而言，她就是我的夢想。

而孩提時代作的夢，則在向現實屈服後逐漸褪色。

我問小芹是否記得小時候的夢想？不知為何她紅著臉，不發一語。

看著她，我似乎懂了。

到了這時候，小芹是怎麼看待我，以及她想要的是什麼，我是知道的。

大概是因為我自己，也老是追在女孩的屁股後頭跑吧。

讀大學時，小芹的異性緣很好，只要她願意，交男朋友就像把手伸進袋子裡掏仙貝一樣，易如反掌。甚至連女生都有可能被她吸引。但小芹卻沒和任何人交往，她始終只看著我。

至於我，其實偶爾也會被搭訕，但真的只是偶爾而已。

「是不是我不夠漂亮呀？」

我在鏡子前歪著頭，小芹插嘴道：「問題不在這裡。」

「咦？什麼意思？」

「因為小藍妳……」

說到這裡後小芹不發一語。她向來擅長吊人胃口。

「我？」

「妳總是讓人搞不懂妳在注視什麼。」

小芹低著頭，講出這件事情似乎令她很難受。

「呃……是指我的眼神游移嗎？」

「……算是吧。」

看來這樣不太好，我得多注意一點。

事後我稍微想了一下，才理解是怎麼一回事。

我總是看著她。即使沒見到人，也老是四處張望，尋找她的蹤影。也難怪在不知情的旁人眼中，我成了眼神鬼鬼祟祟的怪人。

在這之前，我一直不太在意旁人的目光。

如今隨著要背負的責任增加，想要繼續追尋她也變得更困難了。

她到底在哪呢？

在我的體外？還是心裡呢？

我煩惱了無數次，始終找不到答案。

「妳骨折了，得向公司請十天假。」

小芹盯著我吊高的右腳，冷冷說道。

「哎呀呀。」

我從來沒這麼痛過，心想狀況一定很糟，果然沒猜錯。

「這是我第一次住院。」

第一天就看膩的病房裡，也有其他貌似健康的人倒臥在床上。空氣裡瀰漫著裝飾在房裡的花的香氣。我盯著別人花瓶裡的花，有些羨慕。

大概只有小芹會來探我的病吧。

「妳到底都在追尋什麼？」

小芹用交疊的十指撐著下顎，瞇起眼睛問我。

「這麼明顯嗎？」

「一直都很明顯。」

小芹撇開目光。

「畢竟我總是看著妳，儘管妳從來不會回頭看我。」

「……嗯。」

其實我多少有感覺。我面向天花板，闔上雙眼。

黑暗中，有種白白的東西在延伸。

腳骨折時的劇痛，像植物的根一樣擴張，然後龜裂。

難道這就是無法傳達的愛的痛楚嗎？我不禁這麼想。過度追求，導致我不僅僅是心痛。是我不懂得適時抽身，結果害慘了自己。我用過去式，為這件事總結。

被火燙過的小孩，才會知道不能玩火……這就是我的寫照。

姑且不論我能否學會用正常邏輯看待幻影中的女孩。

我睜開眼睛。醫院潔白的天花板，讓乾澀的雙眼溼潤了些。

滲進眼中的淚液，為視野拉上一層布幕，變得有些糊糊的、霧霧的。

「等我的腳復原，身體狀況比較好了，我們趁假日出去走走吧？」

小芹看著我，像野生動物盯著遞到眼前的飼料，充滿戒備。

「去哪裡？」

「只要是小芹想去的地方都好。在附近走走，或是乾脆去旅行也可以。」

「這是在討好我嗎？」

「嗯。」

我老實點頭，小芹愣了一下說：「好直接。」

「去哪裡都可以嗎？」

「去哪裡都可以。」

「環遊世界也行？」

「哪來那麼多錢啊。」

我沒好氣地認真反駁，小芹對著我一笑。

「讓我想想。」

她說完後，露出滿足的神情閉上雙眼。我看著她搖晃的肩膀……

小小聲地嘆了口氣。

熬過好長一段無聊的日子後，我出院了。

但真正辛苦的才剛開始。通勤時，我必須先坐計程車到車站，然後拄著拐杖、忍著疼痛，吃力地行走，真的很煎熬。明明挪動腿的速度並不快，卻比平常多消耗了好幾倍的體力。我筋疲力竭地抬起頭，眼前萬頭鑽動的景象簡直像夢。模糊的雙眼怎麼揉也揉不清。

在公司則是出現了許多聲音。我向上司道歉後，上司雖然沒有當面指責我請了十天假的事，卻兜著圈子向我抱怨。訓話結束後，由於工作堆積如山，我只能立刻埋頭苦幹。若這也是夢就好了，但我的桌椅卻硬得那麼真實。

追求她的代價太過龐大，而且我手中什麼也沒留下。

我握緊拳頭，放在膝蓋上。

若再次勉強自己到骨折，又會帶給許多人麻煩。

不要跑，腳就不會受傷。

在公司不會遭人白眼，通勤也很輕鬆。

假日也不會累得像條狗。

小芹也不會生氣。

只要忘了她，生活就會好轉。

我終於懂得面對這討人厭的「現實」了。

等到意識的泡泡破掉後，我才發覺自己正在山裡。

樹葉與泥土潮溼的氣味鑽入鼻孔。接著，我吸了一口山中涼爽的空氣。

梅雨季前乾乾的空氣，在汙濁的肺裡攪拌。

「小藍。」

小芹喚我的名字，拉住我的袖子。

「怎麼了？」

「妳又在發呆了。」

走在身旁的小芹提醒我。她的聲音不像生氣時尖銳，反而很溫和。

「我常常被人這麼說。」

「既然這樣，不如改過來？」

「我會的。」

但我只要一不注意就容易鬆懈，而且也不曉得該怎麼改。

假日時，我依照之前的約定，和小芹出門。我們去了許多地方，今天則是來山裡走走。我慢慢回憶起這些來龍去脈了。大概是因為坐巴士來這裡的路上，我小睡了一會兒，所以記憶有些模糊了吧。

「妳的腿沒問題嗎？」

在爬坡前，小芹還是擔心地問。

「嗯，可以可以。」

我將腿輕輕地前後甩動。腳踝前方不正經地晃來晃去，看起來不太可靠。

經過長時間的復健，腿傷已經治好了，也能走路。

但我已經忘記跑步的感覺了。

骨折時疼痛的記憶彷彿在阻止我，使我回想不起來。

我們來到山路途中的休息站。小芹的體力先透支了。

「妳都不會喘耶。」

「嗯，因為最近睡很好。」

把過去跑步的時間拿來補眠，讓我變健康了。

與身體恢復的狀況成反比，現實在半夢半醒之間。

我們兩人吃著用山中採收的特產做成的冰淇淋。坐進店家準備的洋傘區座位時，一隻大黃蜂飛到眼前，嚇了我們一大跳。我只有向後仰，但小芹扔下座位逃跑了。等到黃蜂飛遠後，她才若無其事地回到座位，小聲清了清喉嚨。

「冰淇淋真好吃。」

「妳的修辭能力從國中起就沒進步。」

國中啊。當時我整天都只知道跑步，還有畫她。

我已經很久很久沒畫了。或許現在更應該將她描繪下來，當作美麗的回憶收藏，也不失為一個樂趣。

將這場夢的完結，化為有形。

剩下的大概只有寂寥與回憶吧。

遙想過去發生的事情，幾乎所有的記憶都與跑步有關。

而不斷追著這樣的我的她，就在眼前。

「小芹。」

我喚她的名字，有點猶豫是否該叫芹芹。但眼前的她已經是大人了。

「小時候的夢想，實現了嗎？」

我故意避開細節問道。

一開始小芹說不出話來。想反駁的情緒使她鼓著一張臉，但她試著將情緒嚥下。

「嗯。」

小芹像個孩子似的老實承認。

她的回答，令我陷入一種相約的兩人終於相會般的心境。

罷了，這也算是一個漂亮的結果吧，倒也不壞。

然而。

「…………………………啊。」

怎麼會呢？我不經意地將視線瞥向桌下。

「小藍？」

「……啊，沒事。」

我裝作沒看見。但即便抬起頭，震動還是不斷傳來。

畢竟那是我自己的身體。

「真是太好了。」

我爽朗地回答，但是在桌子底下……

雙腿卻像流淚般顫抖不已。

我在熱氣緩慢的侵蝕下醒來。

如同浸泡在熱水中。平衡感像遭到惡作劇一樣，床不斷搖晃。

彷彿被時間的波浪給漂來蕩去。

結束時，耳鳴稍微停止。我起身，發現從窗簾縫隙透入的光線還很微弱。看了看枕邊的鬧鐘，原來我比平常早起。現在準備上班還太早了，睡在一旁被窩裡的小芹眼睛也還閉著。

我坐在棉被上發呆，不曉得該做什麼。我思考著若是以前的我會怎麼做，並看向玄關，撫著右腳，站起身來。

我躡手躡腳不發出聲音，穿上鞋子出門。幸好夏天的太陽昇起得早。

走下公寓樓梯時，我頻頻往下看，確認腳的狀況。走路的不適感已經消失了。說忘記了不適感似乎怪怪的，當然忘了比較好，但「忘」這個詞彙，會讓人感到消極。

來到戶外，我走在充滿斜坡的路上。去公司的途中，有一座被樹木環繞的公園，在那裡可以聽見蟬鳴。即使在這個附近都是住宅的區域，蟬聲還是大得一會兒就聽膩了。日子過得真快，回想起來，彷彿昨天還是春天，甚至上週還冷得像冬天，讓人忍不住發抖。顯然這段日子我過得很渾渾噩噩。

或許我會就這樣在與時間的疏離中死去。我感到茫然不安。

走到一半時，發現自己穿了跑鞋。明明只是散步，卻把腳伸進了跑鞋而不是一旁的拖鞋。這是為了讓自己隨時都能奔跑所留下的習慣。

我看向斜坡的那端，絲毫沒有湧現全力爬坡的衝勁。畢竟我雖然做了步行的復健，卻沒有為摧折的心復健啊。我的內心焦慮不已，卻欠缺繼續下去的意志，只能拖著腳步上坡。

不知有多少個月沒見到她了。她還在那兒嗎？

我高高抬起右腳。一想到用力踏在柏油路上的感覺，背部就竄起一陣涼意。我逃避跑步，是因為膽怯，還是因為追逐幻影的空虛感使然？

我輕輕把腳放回地面，沒有發出一點聲響。

一放回地面，一種無形的壓力便覆在我背上，像一縷輕薄的絲綢。

明明已經從夢中醒來，抬頭一看，天空卻模糊而扭曲。

孔雀藍的蒼穹混著金黃，遠處飄來的流雲將太陽包裹起來。金黃滲滿整片天空，像要窺視我荒蕪的心。

這裡沒有樹木，卻總能聽見不知從哪裡傳來的蟬鳴。是我的錯覺嗎？

已經分不清是幻聽還是真實了。

自從住院後，我的意識就包上了一層膜。

明明身在現實，卻彷彿在夢中。
或許是因為沒有任何人經過，令我感到特別空虛寂寞所致吧。
就在這時，一陣輕快的足音從我身旁穿過，像在回應我內心的聲音。我的眼神追了過去，發出小小「啊」的一聲。是大學時代常與我擦肩而過的別系女孩。不，我們現在的年紀都不能說是女孩了。
她還是老樣子與我擦身而過，二話不說便超越了我。我不知道她的名字，但她的髮型沒變，所以我很快就認出來了。她把頭髮綁在左側，那左右不對稱的髮型，使我無意中留下了印象。
原來她還在跑。我心想，目送她離去。
但那令我印象深刻的人影，卻突然停了下來，接著倒退。她背對著我跑到我身旁。
怎、怎麼了？我微微警戒，以沉默等待對方的反應。過去我們從未向彼此打過招呼。流著薄汗超越我的女生，看著我開口。
「妳不跑嗎？」
她的聲音一派冷靜，與外表相去不遠。
「呃、嗯。我腳骨折了，從那之後就不太跑。」

「是喔。」

她問了我問題，對答案卻沒什麼興趣的樣子。我知道這是我們第一次說話，而且她也不曉得來龍去脈，但既然如此何必多問呢？

我們自然而然地並肩走著，可是既不熟，也沒什麼話聊。我困惑著不知該走到哪，便下了坡，來到熟悉的路上。是大學附近的路。

現在我都往地下鐵車站的方向走，很少逛到這裡。老家的生活圈離我愈來愈遙遠，接著是大學。這裡並沒有變，變的是我走的路。

「……嗯。」

我瞥了她一眼，想著該說些什麼才好，發現這名總愛快跑的女生正盯著路旁的停車場。她那凝視著房屋仲介公司冷清的停車場的雙瞳，似乎浮現了某種特別的感慨而微微濡溼，看來她對這裡不盡然都是快樂的回憶。

「怎麼了嗎？」

我問她是不是車子停在這裡，她爽朗地閉上眼，溫和地微微一笑。

「這裡變乾淨了。」

「乾淨？」

我歪著頭，思考她在說什麼，突然恍然大悟。這一帶在很久以前，曾經因為隕石墜落而引發騷動。有好一陣子，各路人馬把這裡擠得水洩不通，交通很不方便，我記得小芹還為此抱怨過。

「妳喜歡隕石嗎？」

連我都覺得這問題莫名其妙。顯然聽到這問題的她，也有點困惑。

「與其說喜歡……不如說發生過很多事情。」

「很多事情啊。」

因為隕石發生過很多事情的人還真少見。

經過停車場後，腳程很快的女生看著我。她一度挪開視線，再度面向我時表情有些羞澀，但她的言語及態度毫不扭捏，使我能正面感受到她胸口滿溢而出情感。她的雙眼泛起深深的、嘴邊則漾起淺淺的紋路。

「命運的相逢。」

這句話大出我所料，害我一時反應不過來。

「啊……？」

我半是驚訝，半是佩服。

讓人拋下恐懼，深信命運的那個人。

那關係究竟有多深呢？

有關於隕石的驚人邂逅，該不會是遇見外星人了吧？不不，怎麼可能。

「當時我很慌張，沒有意識到這件事，之後回想起來，才突然發現，哦~原來那就是所謂命中注定的人……」

大概是因為還有點害羞吧，這個總是超越我的女生以略快的速度說明。

「妳和那個人處得好嗎？」

我隨口一問，看見她的笑容裡混雜了一絲陰影，才驚覺我失言了。

「怎麼說呢……我也不知道我們算不算朋友。但我一輩子都忘不了我們相遇的那天，也不想忘記。而且……算了。我們八成不會再見面了。」

最後她把手扠在腰上，仰頭說道。

「……這樣啊。」

雖然我沒問詳細的情況，但從她道別的語氣，可以聽出她並沒有完全放棄。

結束，代表新的開始，光是這樣就令人稱羨。

畢竟我和她之間，什麼也沒開始。

「妳不跑嗎？」

她問了和剛才一樣的問題。這名總是在奔馳的女生，似乎對於慢吞吞的散步感到厭煩了。

「嗯……有很多事情讓我心煩，或許再也不跑了。」

說著說著，我感覺話語輕飄飄地浮了起來。

聲音似乎沒有傳進她耳裡。

「好可惜。」

愛晨跑的女生說出了意外的感想。

「哦？為什麼？」

「怎麼說呢，我覺得妳跑步的姿勢……很獨特。」

愛衝刺的女生突然瞪大雙眼，把臉往前伸。那模樣該不會是在模仿我吧？

「感覺妳一直在追尋著什麼。」

「…………………」

小芹也對我說過一樣的話。我的表情就這麼好懂嗎？

回過頭的她，也是覺得我這樣的表情很有趣嗎？

不過話說回來，她只是與我擦身而過，卻這麼觀察入微。

跑很快的女生，不由得讓我產生了一些興趣。

「妳在做什麼工作？」

用毛巾擦拭鼻尖後，她擺脫汗水，回答道。

「老師。」

「咦？」

「我是國文老師，教書其實挺有趣的。」

當老師的女生表情十分開朗，看來是真的很有趣。

「我會想當老師，也和剛剛聊的事情有關……所以我才說那是命運嘛。可能就是那次相遇，改變了我的一生。」

她手舞足蹈，心境一覽無遺。命運這個字眼，意外地打進我心坎裡。

「命運啊……真不錯。」

我也想遇見命中注定的人。

……想見。

我想見她！

回過神來我才發現自己咬緊了牙根。
即使我逃避自己真正的心意，逼自己轉移目標、保持冷靜、裝沒事繼續生活。
還是不得不承認，我想見她。
只要我一心想著放棄。
就會對她有所留戀。
而為了見到她，我能做的事情。
終究是……
「妳不要緊吧？」
愛擔心的女生憂心忡忡地端詳我的臉，為我擔心。
「什麼？」
「我覺得妳一直在恍神。」
「嗯？嗯……」
我昏昏沉沉的，彷彿這也是一場夢。
「狠狠跑一跑，說不定精神會比較好。」
雖然她不是刻意的，但這的確是對於我所重拾的事物而言的最佳答案。

只有這個方法了，我在心裡總結，瞬間豁然開朗。

「……是啊。」

耳中深處傳來輕快的腳步聲，是熟悉的兩個人的足音，朝遠方跑去。

「剛才妳說再也不會見到的人……妳想見那個人嗎？」

她頓了一下，搔搔臉頰。

「當然會啊。」

她爽快地承認。也對，我向前邁進。

這是一定的嘛。

「那我差不多該走了。」

來到大學前，她準備離開，向我道別。

「嗯。」

我沒有留下她的理由。但看著正把毛巾收起來的她，我突然想問一個問題。

「那個，妳喜歡跑步嗎？」

早起型的女生看來稍微思考了一下。

「我也不曉得。」

她撇開視線，偏著頭。

「但我很注重養生，我想長命百歲。」

「是喔。」

我很少遇到把這當作目標並且明確地說出口的人，尤其是在還年輕的時候人都是上了歲數，才開始想要長壽。

「妳想活到幾歲呢？」

我半開玩笑地問，她的表情卻出乎意料地認真。

「這個嘛……我想活到一百一十歲左右。」

她說著，面向太陽。陽光將她的雙眼映照得如彩虹般複雜而閃亮。

「再見。」

愛跑步的女生輕聲打完招呼，踏著輕快的腳步跑走了。為了從團團包圍住身體的煩躁情緒中轉移目標，又或是想擺脫它們，我專注地目送她逐漸縮小的背影。

「長命百歲啊……這目標未免太難了。」

但或許她所追求的事物就在長命百歲之後。

那個女孩也是，她看起來……似乎總在追著什麼跑。

我的腳受到感動似地一震。

我將震動的右腳一口氣抬高，用力踩向地面。

柏油路堅如磐石。

而我的腳，也沒有骨折。

用力踩踏大地的腳，穩穩支撐著我。

嘩啦嘩啦嘩啦嘩啦，水不斷湧出。我用與老家的味道、氣味都不同的自來水頻頻洗臉，將汗水、髒汙一一洗淨。

我舀起水來，將眼睛遮住，用手指用力地來回搓揉。

銳利的疼痛彷彿要把皮膚劃破般，在疼痛深處，散落的東西束成了一團。

「好。」

我用雙手拍打臉頰。刺激麻痺了眼睛周遭，接著我看清楚了。

一直在腦中嗡嗡作響的蟬鳴消失了。耳中聽到的，只有瞬息萬變、四處奔竄的血流聲。

我感覺到我的上臂、挺直的背，與脖子後側。

我總算擺脫夢境，意識清醒了。

你覺得最辛苦的事情是什麼？

國小老師站在黑板前問大家。

記得那時已經沒有蟬鳴了。

年幼的我們，你一言我一語地隨意回答。跑馬拉松啊、寫作業啊、受傷啊。我一直想著是什麼，畢竟我一時想不到。大概是因為當時還沒經歷過挫折吧，好令人生羨。

等一片嘈雜稍微安靜後，一道清亮的聲音響起。

與重要的人分開。

一位比其他學生更聰明、也更成熟的女孩說道。

老師神色溫柔地點點頭。教室裡同學們的目光，自然都集中到這名女孩與老師身上。

你們的爸爸、媽媽、好朋友、兄弟姊妹，包括寵物都是。他們現在或許還很健康快樂，但總有一天得離開。請大家試著想一下，當重要的人全都消失，而且無可避免，代表著什麼意義？

我不曉得大家是否都有聽老師的話認真思考。

我想了，但還是懵懵懂懂的。

有幾個女孩哭了起來。我看見前幾天寵物剛過世的同學也在哭。

即使好幾名學生哭了，老師始終很平靜。

先不論談的內容，她本身就是一位很堅強的老師。

也有可能是她沒有把我們當成小孩子。

沒有人可以躲過生命裡最煎熬的部分。

所以，我們更要珍惜著每一天活下去。

在有限的時間中，創造許多幸福的回憶。

……當然，愈是幸福，也有可能愈痛苦。

老師最後低聲說道，眼神彷彿看著很遠的地方。

我也常被這麼說，所以很好奇老師在看什麼。

幾天後，有家長抱怨怎麼可以上這種課，把小孩弄哭。

老師雖然很有誠意地道歉，但只剩她一人的時候，我偷看到她扮了個鬼臉，說了聲「好辛苦」。

而我，則為了見到她，開始跑步。

為了不讓最痛苦的事情追上我，拚命奔跑。

「小藍。」

小芹喚我的名字。我剛要抬頭，半開的嘴就閉在一起，上下牙齒互相碰撞。

「好痛。」

巨大的聲響從左耳灌入，這才想起我搭上了電車。

廣播正在通知不久即將抵達目的車站。

站在一旁的小芹一臉受不了的樣子看著我。

「妳竟然連站著都能睡著。」

「小事一樁。」

「這不是稱讚。」

看來我盯著地下鐵黑漆漆的景色，似乎不知不覺睡著了。

右手殘留著吊環的痕跡，我彎了彎手指。

「我夢到國小的時候。」

好懷念啊，我說著，將內容大致講解了一遍。

小芹緩緩搖頭。

「那時我們不同班，所以我不知道這件事。」

「啊，這樣啊。」

我連聲道歉後，轉過頭。

電車即將抵達車站。到地面上後，我要……

我要……

「等一下。」

小芹慌張的聲音自一旁傳來。我歪著頭，想不透是什麼事。

「怎麼啦？」

「妳的眼神又回來了。」

眼神？我盯著正面的門，但因為列車已經進站，外頭不再漆黑，玻璃沒有映照出我的臉。

「我只是睡傻了。」

我揉揉眼睛，待迷濛散去後，看著小芹。

「恢復了嗎？」

「……嗯。」

小芹含糊地笑了笑。

走出地下鐵站，我搭著長長的手扶梯上樓，朝混雜著光的地方離去。車站的電燈與戶外的陽光左右逼近，強迫我甦醒。同時，暑氣再度襲來。

「好熱啊。」

我以出站為目標，在車站內走著，發起牢騷。

「夏天到了。」

「是啊。」

我們閒話家常。小芹不耐煩地說道。

「希望夏天趕快過去。」

「才剛開始呢。」

「那不要開始就好了。」

「……是啦。」

但我認為任何事情只要不開始，都會很辛苦。

因為這樣會連該思考什麼都不知道。

我們來到車站外。一起出來的人潮大致分為兩列，我們也有樣學樣。

我往左，小芹往右。

離開前，小芹確認了我的腳，稍微放心地抬起頭。

大概是因為我沒穿運動鞋吧。

「再見。」

「嗯。」

我們像往常一樣道別。走沒幾步，我回過頭。

「小芹。」

我喚得很輕，但人潮中的小芹似乎還是聽見了，她做出反應。

「工作加油哦。」

「妳也是。」

我揮揮手，小芹先是不知所措，接著也向我揮手。這是我們小時候常做的動作。一些回憶，使我的手自然動了起來。

夏日清晨薄而銳利的陽光傾注而下。

光的夾縫間，滲進了蟬鳴。

對不起。我發出聲音，但這次並沒有傳到她耳中。

「接下來……」

呼，我用力吐息，深吸一口氣。肺部清潔完畢。我把包包的背帶纏在手臂上，緊緊捆住。檢查過不會妨礙手臂揮動後，我脫下通勤穿的鞋子，扔在一旁。上次赤腳踩在地面上是什麼時候呢？

雖然人們並沒有停下腳步，但他們奇異的目光還是赤裸裸地射了過來。

我轉動右腳底摩擦著地面。太陽雖然沒有直射，畢竟是夏天，地面溫溫的。但至少沒有熱到跑不了，我放下心來，盯著正前方無數如牆壁般延展的背部。

直線衝刺永遠趕不上她，但若在人群裡，或許她也會跑得礙手礙腳。

忽略大人的常識，像個孩子一樣奔跑。

說不定就能追上她。

問題是，在這個地方能達到最高速嗎？不試試看不知道。

一切都是未知數。或許可行，達成後也許會有什麼事情發生。正因為不清楚，才要試試看。

結果，我還是只能靠跑步與她聯繫。

該走的路只有一條。就算我必須為此甩開某人的手也一樣。

脖子上的汗珠像結凍了一樣冰冷。披肩的長髮，在徐風下搖曳。

好久沒跑了。以前曾在電影裡看過某個角色說這句話。

大人的確不跑步。既然這件事令我坐立難安，是否代表我不是大人呢？

我緩緩調整逐漸紊亂的鼻息。

相逢就是日後別離的開始。

最終只會徒留痛苦回憶。

即使如此，我還是期待見到她。

這份念頭催促著我，使我開始奔跑。雖然會給大家添麻煩，但我仍自顧自地跑了起來。

我千鈞一髮地閃過阻擋在眼前的人群，盡力直線狂奔。一直擔心能否跑步的右腳，也因為終於嘗到渴望已久的重力和加速度，將身體自然地往前推。我迅速穿越我應該爬上的往電車月台的樓梯，隨著雞皮疙瘩，回憶起衝刺的快感。

數不清的背影不斷被超越，疾風隨心跳颳起。

即使很久沒跑步，血液卻仍記得跑步的感覺。流經手臂的血沸騰起來。

像用震動通知來電的電話一樣，發出預告。

她要來了。

我從刮在鼻尖上的風的變化察覺到這點。

接著，我看見了。

我看見她了！光是這樣我就差點哭了出來。雙眼被某種迫切的東西勒緊而疼痛。我擦去泛出的淚水，用肩膀推開人們的背，宣示著我現在就過去。

感謝數月不見的她依然安好無恙。

持續了二十年的躲貓貓，今天又不厭其煩地開始了。

但與當年扔下書包時的我相比，現在的我多了重擔。

她跟我一樣無法直線奔跑，花了很多時間閃避人群。多虧她是個腳必須著地的幻覺。對不起，我知道這樣很卑鄙，但我就是想追上她。儘管裝作很抱歉的樣子，其實我並沒有感到心虛或內疚。只是純粹地，因可能成功的喜悅而擺動著手腳。

忘了如何奔馳的身體，跑沒幾步就氣喘吁吁。難得她跑得綁手綁腳，若再讓她溜走就沒意義了。我不能讓速度降下來，一定要在力量用盡前解決。

我把注意力延伸至踩在地面上的腳趾，手臂配合著呼吸搖擺。過去培養出的習慣，使身體自然而然地調整為我的跑法。呼吸穩定下來，身體也加速了。

我斜著身子閃過一個高大的背影，將脖子伸長，試著用身體最前端捕捉她的背影。接著某人的手肘和額頭撞了上來，差點把我的頭彈飛。我腳跟用力，讓快被往後帶的身體不至於減速，將身體交給迸發出來的力量，死命踏在空中。

我有預感，如果這樣都追不上，我們就永世隔絕了。

所以這次絕對不能讓她溜走。

我的頭一陣天旋地轉，意識在夢境與現實的邊界徘徊。但事到如今，一天到晚追著幻影跑的我，早就習慣被這種氣氛耍著玩了。

動吧。

不論別人說些什麼，現在就是我人生最有意義的時候。

我揮動手肘掙脫阻力，讓身體前進。

正好趕上被人流擋住、左支右絀的她。
我們的距離一口氣拉近，這突如其來的一瞬，使我大夢初醒。
我有預感，錯過這次機會，一定永遠都追不上她了。
我伸長手臂，已經分不清腳是踩在地面還是飛騰在空中。
探出身子，不顧任何後果。
把手伸向渴望多年的終點。
像把海洋劈開。
像把手伸進無數的鳥群中捉住。
我的手，搭上了她的肩膀。
啪地一聲。
……啪？
有聲音，也有觸感。
接著，她回過頭。
「…………………………」
心跳如唾液般從喉嚨滑落。

沙沙沙，風從背後趕上的聲音將我團團包圍。

我在人群中碰到了。碰到了在我眼前的她。

她就在這裡。

不是幻覺，是現實中的她。

在車站的牆角，跟我在一起。

被搭住肩膀回過頭的她，瞪大眼睛看著我。

緊接著。

「啊！」

我大驚失色，突如其來的相逢，使我迎接她的態度不太自然。

「那個……呃？」

連我也搞不清楚狀況。我們彼此額上都閃著汗光。

我的手指搭在她肩上。我沒在跑步，景色也動得很慢，但似乎因為太過緊張、心有餘悸，感覺周遭都在搖晃。好想吐，但我知道在這裡若忍不住，一切就前功盡棄了。

我咬緊牙根忍耐著，度過一段對身體不太好的沉默時光。

「請問……」

再次聽見她的聲音，比想像中的略為低沉。
「呃，妳是？」
她介意地頻頻瞄向仍搭在她肩膀上的手。
「啊啊，對、對不起。」
我把手從她的肩膀上挪開，往後退了一步。不，應該說是踉蹌了一步。
聲音、景色離得好遠。包圍我們的人潮變得模糊不清，彷彿都與我無關。
我想起國中時的事情。如果和她見面，該說什麼呢？
能向她說明我為什麼認識她嗎？
我能感到血液從脖子往上竄，接著發燙、膨脹。
「我們是第一次見面……對吧？」
她轉過身來，面露詫異。用懷疑的目光盯著我，使我感到非常羞恥，但同時也很感動。
我現在正在和她聊天呢。
「應該是。不，一定是。」
我落寞地點點頭。眼睛若不用力，恐怕眼淚就要滲出來了。

頭好重，我知道腦袋沒在運作。

眼前發生的事情實在太多，多到我只能原原本本地承受。

「嗯。」

她頷首。

「是啊……」

她看著我的腳。對於這個沒穿鞋子的怪女人，她的困惑似乎更深了。

啊啊……怎麼辦怎麼辦？我焦急得汗流浹背。臉燙得發紅，什麼也思考不了，耳邊嗡嗡作響，心亂如麻，已經無法假裝鎮定了。

那為什麼要抓住我的肩膀呢？

我猜她應該在想這件事，慌亂得頭昏眼花。

但她煩惱的地方卻不太一樣。

她抬起頭來，對著手足無措的我露出微笑。

「但不知道為什麼，剛才看到妳的瞬間，妳不是『啊！』了一聲嗎？」

她指著我，又真的再大叫了一聲，我還以為心臟要停了。

「比起『怎麼回事？』的驚訝感，我更有種像是被雷劈到、恍然大悟的感覺。為什麼呢？明明是第一次見面，我卻不可思議地想要張開雙手……而不是要把飛來的蜜蜂趕走……嗯，我也不曉得。」

她的眉頭如波浪般起伏，無法精確表達出自己的想法似乎令她很煩躁。但她沒說的部分已經傳達出來了，過度的衝擊使我連聲音都發不出來。

那是、該不會？不不，怎麼可能。

「妳應該……沒空吧？今天是平日，又是早上，還得上班。」

她一一指著時鐘、早晨的太陽和我，露出苦笑。

「不不，有空，我有空喔。」

我聽懂她話中的意思，趁她尚未改變心意前急忙答應。

「我有時間。」

我點頭如搗蒜，保證有空。她對著我眨眼，接著搔搔頭。

「那，既然妳有空……要不要一起走一段路？不曉得為什麼，我很在意妳。如果就這樣分開，我一定沒辦法工作。」

她瞥開眼神，說了這句幾乎讓我窒息的話。

我的舌頭一動一動地，忘了發出聲音。

「但我不曉得自己為什麼會在意妳，讓我邊走邊想好嗎？」

她神色認真地拜託我，使我落入一種「不，其實我才是啊」的心境裡。

為什麼在意，我心裡有數。

但她應該怎麼想也想不通吧。

而我現在也沒有多餘心力能把這漫長的故事脈絡分明地交待清楚，所以只點點頭。

我站在她身旁。她在等我，等那個不願讓她的背影逃走的我。

伴隨著笨重、拖沓又心虛的腳步聲，我往前走。

呃……

事情該不會變得一發不可收拾了吧？我狂冒汗。

「腳不要緊嗎？」

她突然對我說話，我的皮膚像被不合季節的靜電電到，震了一下。

「腳？」

我嚇一跳。

「妳光著腳不熱嗎？」

她在指我光溜溜的雙腳。

「啊，嗯，意外的不要緊。」
「那就好。」
可是為什麼打赤腳呢？她歪著頭自言自語，漏出聲音來。
我嘆了一口氣，原來是指這個。還以為她要問我骨折的事。
明明就不可能嘛。
「頭髮好長呀。」
她又對我說話了，這種錯愕好新鮮。
「呃？嗯，對啊，很長。」
我的應答變得更加索然無味。
「而且摸起來好柔順。」
她手中撩起一縷我的長髮，欣賞似地以指尖撫觸。
「哇～」她眼神發亮，我則大驚失色。
瞪大的雙眼來回跳動。
察覺我的反應，她說了一聲「啊，對不起。」隨即放開我的頭髮。
「剛剛那樣太親暱了。」

她向我道歉。「啊，不會啦。」我只得擠出這句話。

現在不是說這個的時候。

「為什麼我對妳沒有排斥感呢……」

她凝視著剛才握住我頭髮的手指，似乎愈來愈感到不可思議。

就這樣，我與她一起朝乘車處走去。

走呀走。

我不必咬緊牙根將身體往前探，只要一轉頭，她就在身旁。

每次看著她，都有種飄飄然的感覺。太不真實，連溽暑都忘了。

不論是夏天，還是周遭的人們，全都離我好遠，像假的一樣。

這種虛無飄渺的感覺，像極了我在內心描繪無數次的夢境。

這是夢嗎？還是現實？

回過頭，會有我脫下的鞋子嗎？

我害怕得不敢確認。

只感到茫然，有種以後跑步再也看不見她幻影的遺憾。

總覺得，有點想哭。

有如撞見轉瞬即逝的美麗事物時的不捨。

「啊……」

她突然撫著額頭，發出困惑的聲音。接著，用眼角餘光偷瞄我好幾次。

「怎麼了？」

「不，怎麼說呢……我也不曉得為什麼我會這麼想。」

她打哈哈，用傷腦筋的表情對我一笑，像在徵詢答案。

「說給我聽嘛。」

「啊？不要啦。」

她左右來回搖搖頭。我也搖搖頭。「幹嘛學我。」她露出似笑非笑的笑容。

「哎唷，妳一定會覺得我很奇怪。」

「奇怪也沒關係。」

對於緊咬不放的我，她頓了一會兒，向我確認。

「不會逃跑？」

「不會逃跑。」

我好不容易才跑到這裡，因此不論發生任何事，我都不會退縮。

「妳不會因為我突然講了奇怪的話，覺得我是個怪人而逃跑？」

「妳有自信比我怪嗎？」

她驚訝地眨眨眼，隨即噗哧一聲，像漏氣般地笑了出來。

「還真沒有呢。」

接著，她緩緩地、綻放出另一個燦爛的笑容。

映入眼簾的一瞬間，我靜止呼吸，脈搏在胸口與脖子上跳動。

是我打從心底、最期盼的笑容。

她帶著象徵夏天般的、爽朗的笑意說道。

「我想說的是，春天雖然也不錯，但我也想和妳一起去夏天的海邊。」

跑得要死要活，抓住她的肩膀，

沒穿鞋子、汗流浹背，

還突然淚如雨下。這樣的女人，她會喜歡嗎？

我已經開始擔心了。

不會消失的銀之手

鬧鐘一早就很有精神。不，應該說這小東西只有早上才有精神。好怪的生態。我邊想邊從凌亂的被窩裡爬起，伸伸懶腰。半夢半醒間，我將鬧鐘按掉，這已耗盡了我全身的力氣。我維持伸懶腰的姿勢，閉上眼睛。

等我驚訝地跳起來，已經過了快五分鐘了。

用這種方式起床，設鬧鐘還有意義嗎？這讓我有些煩惱。但設鬧鐘的安心感，能幫助我安然入睡。我決定這麼想。

如果都不設，肯定會賴床到中午。

我脫掉睡衣，準備換上短袖水手服。水手服上傳來家裡用的柔軟精的香氣。

我抓起袖子湊到鼻前，吸著香味，直到嗅覺麻痺。

換好衣服，整理好書包，下到一樓，父親已經出門工作了，廚房裡只剩母親。父親在海港附近的市場工作，加上他的嗜好，讓他的皮膚晒得黝黑，母親則顯得蒼白。父親常說母親蒼白得像魚腹一樣，但母親似乎不覺得有趣。

我吃起母親準備的早餐。吐司上鋪了乳酪。我從邊邊開始咬，吃到塗在中間的披薩醬，嘴裡有著類似蕃茄醬的味道。

「好香啊。」

我刻意說出來，母親一聽，露出大驚小怪的表情。

我慢慢地、一口一口地咬，然後吞下。

像是要讓感覺到的與眼前看到的事物沒有出入。

吃完後我喝了牛奶，然後刷牙。牙刷在口中戳來戳去的觸感，每一下我都悉心地、像用手舀水一樣細細體會。我也不放過鏡子所映照出的任何事物，結果眼睛變得很乾澀。

「我出門囉。」

準備好後，我打了聲招呼，母親到玄關送我出門。

母親的笑容很溫柔，與我並不相似。

我來到屋外，今天也是晴天。這裡很少下雨，將天空縫隙填補起來的雲，形狀似曾相識。我邊抬頭看，邊走在路上，風從鼻子下拂過，有點癢。

混著海水與砂的風很涼，配上偏強的陽光，非常舒服。

我心情很好，蹦蹦跳跳地走在醒目的白色步道上。

我與鄰居們擦身而過，打了好幾聲招呼。橘子樹像要跨越圍籬一樣，急於展現自我。我抬頭一看，已經結果了，但並沒有鳥兒啄食，所以味道應該很苦吧。就算我把手伸長，也不可能真的去摘，所以我一直想撿掉在路旁的果實嘗嘗味道，但至今尚未實現。今天我也只是穿過樹下，讓唾液在口中累積。

這裡的氣溫平均在二十度前後，雖然也會有些比較寒冷的日子，但從來沒有冬天。其他部分大致上都與現實一樣，唯有這點始終不變。

這裡所有的一切都不是現實。

我所感覺到的，也都是想像出來的。

不曉得是我還是某人一直持續地作著這個夢。

這是夢中的世界。

沒有人告訴我這件事。我心裡雖然篤定這是夢，但又缺乏確切的證據。硬要說起來，大概就是沒有相簿，也沒有紀念品吧。我和父母感情很好，但連一個共同的回憶也沒有。當我注意到時，我已經十六歲了。

由於我缺乏確鑿的證據，所以這件事我沒和任何人提過。

不曉得大家有沒有發現呢？

如果沒發現，那就可以相安無事地生活下去。這個夢太精美了。就連手指受傷都會流血。不但會痛，傷口還要數日才能痊癒，而且會結痂。

撕掉好了。

還是算了。

作這個夢的人，一定擁有非常豐富的想像力。

不然就是我腦袋燒壞了。不曉得是哪一個。

說不定這一切都是現實，只是我自以為在作夢。

若真是這樣，或許更幸福。

我雖然換了制服、提了書包，但其實我去不去上學都無所謂。我會依照當天的心情，去其他地方打發時間，然後回家。這就是我的每一天。

我住的小鎮面向海洋。碼頭裡，帆船與渡輪潔白的船身映照在海面上，觀光客常來參觀。這裡雖然不像國外的海港小鎮一樣充滿浪漫情懷，但光是附近有海，就讓人覺得很舒服。

這裡也有沙灘，不過有些尖尖的石頭散布其中，有點危險。不能讓小孩擅自跑去玩。我小時候也沒去。應該說，我沒有小時候。

我雖然有父母，但也不曉得是不是他們生的。

算了，先別管這個。

這是個很小的城鎮，不論走到哪，都能聞到海水的味道。我喜歡那潮溼的風。海風引誘我偏離了上學的路，朝海邊的小徑走去。看來今天我不會去學校了。剛開始我都會乖乖上學，但學校有時上課、有時不上課，日期並不一定，漸漸的我也就懶了。

即便我沒去上學，也不會被追究。

我登上沿岸的堤防，堤防邊填滿了消波塊。這一帶三不五時就會看見甩竿釣魚的人。我常想，那些被釣起來的魚，是從哪裡游來的呢？

我不認為海的另一頭有其他城鎮或其他土地。就連沿著路可以到達什麼地方，都是個問題。我從沒看過物流卡車在鎮上跑。這個夢看似精巧，但仔細推敲起來處處是破綻。城鎮雖然造得完整，卻總是抹不去堆積木的感覺。

堤防能走的部分愈來愈狹窄，這是接近沙灘的標誌。

沒多久，我看見了耀眼的白色斜坡沙灘，亮得像在發光。

在那光芒中，彷彿連人影都會被漂白。

「哎呀。」

我看見沙灘上站著一位女孩。她穿著和我一樣的制服，但細節處稍有不同。她獨自面向大海。原來已經有人捷足先登了，我無奈地盯著她。

她的頭髮比我短，髮型像妹妹頭，不過後頸處稍長。海風吹過她的髮，髮絲如甦醒般舞動，露出了原本遮住的耳朵，讓她的稚氣少了一些。

扔在一旁的鞋子，被乘著沙灘而上的海浪浸溼了。這樣一定會被回程的浪濤給捲走，但女孩不知是顧著眺望水平線，還是沉浸在其他事物裡，似乎沒有發現。

「鞋子！鞋子！」

我看不下去，決定出聲叫她。女孩嚇了一跳，回過頭來。我用肢體語言告訴她鞋子有危險，她才轉過身去。只見女孩口中彷彿說著「啊，糟糕。」便在海灘上跑起來，朝鞋子衝去。她從海浪中將灌滿海水的鞋子拎起、倒扣。

捲成一團的襪子滾了出來。襪子也溼透了。她將襪子撿起來，直接塞進裙子口袋裡。

「謝謝！」

女孩高舉著手，連同鞋子朝我揮動。我向她稍微擺擺手，便離開了。

雖然原本要去的地方被占領的問題並未解決，但也就罷了，我的心情倒是不壞。雖然今天很想看海，不過鎮上還有很多地方能去。到大街上也有很多店家。

可以吃冰淇淋，也可以買衣服。渴了還能喝飲料。

同樣的事情我其實已經做了好幾次，卻總會在不知不覺間忘記。

只有好甜、好想要、好解渴等滿足感會留下。

這個世界，對我來說還挺方便的。

我雖然沒有活在現實中，但似乎也沒死。

這是一場夢。

我在夢中世界裡。

在夢裡，每天理直氣壯地活著。

晚上會睡覺，會吃飯，撞到鄰居家的牆壁也會痛。

一場臨摹現實般，不花俏的幻想。

我要說的就是一個這樣的故事。

早晨我一如往常地醒來。

晚上睡覺、迎接日出，這樣規律的作息有時讓我感到很佩服。

若這是夢，應該是在人的心裡吧。

也就是說，在無限的想像力中，人造出了太陽，以及一望無際的海洋。人類真了不起。

頂著昏沉沉的腦袋，我邊感動邊起床。拉開窗簾，陽光照在窗邊，光芒覆在睫毛上，可以感覺到光的重量。閉上眼，彷彿能透過眼皮，看見外面的景色。

過了一會兒，我「啊，對了」一聲，這才想起來現在不是悠悠哉哉的時候。

我換上制服，沒帶書包就衝出房間。今天我也不想去學校，但還是反射性地穿了制服。真希望這個夢可以讓我一起床就穿著制服。

我匆匆忙忙地吃完早餐，出了家門。挺起胸膛快步走著，朝海的方向前進。

一定要比那個女孩更早到。

我很少按照昨天發生的事情來決定今天的行動，所以有點興奮。

走過鄰居身邊，和他們打招呼時，我暗中觀察他們的臉。每個人看起來都很親切，但長得都不像，臉孔也很陌生。不，這些人其實我認識，但我只在這裡見過他們。不論我如何絞盡腦汁，就是想不起我活在另一個世界——現實中的回憶。

沒在現實中活過的人，會作夢嗎？

答案恐怕是否定的吧。

那這是誰的夢呢？

在這麼多的居民中，會不會造夢者也混在裡頭呢？或是他根本不想來玩？如果是這樣，又為什麼要造出這座小鎮呢？是模仿造夢者所居住的城市打造的嗎？

搭上電車或巴士，會通到哪裡去呢？雖然我一次都沒坐過。

天空的彼端有宇宙嗎？

在這裡死了會怎麼樣？

我到底是誰？

我不斷思考這些問題，想要追根究底，卻又總是一頭霧水，無法整理清楚。我的腦中一片渾沌，不知不覺便忘了。

我一定永遠都找不到答案。我和這個世界的規則就是這樣。

而且真要說起來，我有腦嗎？

「我不知道。」

有時，我會陷入一種自己是用粉紅色棉花糖做成的錯覺。

搞不好不是錯覺。

我快步走著，不知不覺到了堤防。今天我一定要獨占沙灘，就看鹿死誰手。我加快腳步。在這個小鎮住了頗長一段時間，昨天還是第一次見到那個女孩。這裡很少會增加新面孔。

或許在現實中，造夢者曾經見過那女孩吧。

想著想著，我又看見她的臉了。

女孩站在填滿消波塊的堤防邊，離沙灘有一段距離。我不自覺停下腳步。

今天她沒有呆立在海邊，而是朝向海洋垂著釣竿。不是海釣專用的釣竿，而是普通釣竿。她赤腳站在不平穩的消波塊上，鞋子擺在堤防上。

她面對海洋，似乎沒有發現我。我的眼神追著她隨海風跳躍的髮絲與裙襬。魚好像還沒上鉤，女孩焦急地搖動釣竿。隨著這些小動作微微晃動的她，令我看得出神。

就像是眼睛被釣走一樣。

從她身旁經過，往前走，我就能順利待在沙灘上。

但我卻煩惱起該怎麼做才好。

畢竟我喜歡新鮮的事物。

「嗯。」

我決定不超越她，向她搭訕。

「在釣魚嗎？」

女孩嚇了一跳，像昨天一樣身子往後彈了一下，接著回頭。

「啊，是昨天的……」

我有點害怕走到消波塊上和她拉近距離，所以只站在堤防邊。女孩確認釣竿的反應後，再次回頭。

「妳不去上學嗎？」

她問我。我心想妳還不是一樣，接著回答。

「今天請假。」

「可是妳昨天也沒去啊？」

她露出牙齒笑了。陽光染在她的肌膚上，讓她的膚色顯得很耀眼。

「妳也是啊。」

「我又不是學生。」

我上下指著她的水手服。

「妳的打扮。」

「我只是因為喜歡才穿的。」

女孩拉開裙襬。喜歡制服還真奇怪。

「……………………」

不過仔細一想，我跟她也滿像的。

「釣得到嗎？」

「不曉得，我是第一次在這裡釣魚。」

女孩回答道，她身旁連一個保冷箱或水桶也沒有。

還真隨性。我心想，仰望著天空。

有一會兒，我一直注視著女孩的背影與海。兩者都那麼平靜、纖細。

「妳昨天後來去了哪裡呀？」

女孩面朝前方，向我問道。

「我到鎮上吃冰淇淋、喝飲料。」

衣服只有看沒有買。反正我幾乎每天都只穿制服。

「感覺很棒呀。」

「是嗎？」

哪裡棒？我歪著頭。吃吃喝喝任誰都想得到、也做得到。

我只是一如往常地在那些場所逗留，並不覺得這有什麼特別好的。

「一件事物之所以平凡，是因為它獲得了許多人的肯定。」

我發覺女孩的意見令我不自覺皺起臉來。

即便在夢中，也不該凡事照單全收。

「可以不要讀我的心嗎？」

「是妳說出來的呀？」

女孩詫異地拔高音量。真的嗎？我覺得很可疑。

但即便有疑慮，也改變不了什麼。

「是嗎？」

「當然啊。」

看著她得意的臉龐與鼻尖，我心想還是算了。

不一會兒，她又對我說話了。

「白音。」

「白？」

話來得太突然，我一時還搞不清楚她在說什麼。

「我的名字。」

女孩將釣竿收起，轉身。她在消波塊上跳了起來，往堤防折返。腳若踩滑可是很危險的，但對女孩來說，這彷彿只是遊戲。

她回到我身邊。從裙子下伸出的白皙雙腿，因為打赤腳而顯得更美。

「好名字。」

「對吧？」

她看起來很自豪。該不會是自己取的吧？

「釣到了什麼嗎？」

「妳呀。」

女孩——白音莞爾一笑。

「好老套的回答。」

「什麼好老套？」

「妳每天都會來海邊嗎？」

我略過她的疑問，詢問這過去從未見過的新面孔。

「對呀。」

若要追究是從哪天開始的「每天」，一定會產生矛盾。

所以這不是我該問的問題。

「可是妳都沒有晒黑耶。」

我決定兜圈子套話。白音並沒有不可思議地大喊「妳這麼一說，真的是耶！」

「好奇妙。」

「……對啊。」

她的語氣很平緩。大概不像我一樣，對這個世界充滿疑惑吧。

是沒什麼關係啦，但這讓我感到一絲寂寥。

我邁出步伐。

「哎呀。」

正要朝海邊走，白音立刻追了上來。我看向她腳邊，她赤腳伸進鞋裡，把後腳跟踩得扁扁的。釣竿架在肩膀上，對著我微笑。

「妳要去沙灘對吧？我也要去。」

「我可沒說。」

「妳變聰明了。」

白音呵呵一笑，笑得並不令人討厭。是啊……是啊，說的沒錯。

為此感到無力實在太不值得了，乾脆半強迫自己接受。

我撩起瀏海，望向天空。

「是啊。」

人變聰明，就能隨心所欲地活著嗎？

還是知道自己有幾兩重，反而活得綁手綁腳呢？

是哪一個呢？我的雙眼因陽光眯了起來。

我一屁股坐在昨天沒踏進的沙灘上，白音在我身旁坐下。

我們的距離很近，腳踝只要稍微傾斜，彼此的踝骨就會碰在一起。

隔著裙子的沙灘有點溫暖。

白音把腳伸直，讓踩扁的鞋子脫落。

像花瓣凋零一樣。

「光腳能讓人喘口氣，使心情平靜下來。」

「是嗎？」

我看著自己的腳。連襪子都穿得很整齊，與海這樣的背景確實有些不搭。海雖不大，但待在充滿開放感的地方，心也安祥了一些。

白音眼中閃著光芒，面露期待地問我。

「要脫嗎？」

「正在考慮。」

這一帶的沙灘混有大石頭與小碎石，隨便赤腳走路很危險。

我發起呆來。一波波碎浪拍在岩石與懸崖上，迸出飛濺的水聲。我閉上眼睛，想像那聲響在耳中如漩渦般打轉。漩渦消失後，肌膚上留下了冰冰涼涼的觸感。

我感覺到視線，睜開眼，白音正盯著我的臉。

「妳為什麼來？」

「來看海。」

正確來說，是看著海，花一整天想事情。

比起關在房間裡想，來海邊，思考的範圍似乎更寬廣。
反正不論在戶外待多久，都不會晒黑。
「就這樣？」
「就這樣。很無聊嗎？」
「不會呀，很不錯。」
白音說了和剛才類似的話，或許這是她的口頭禪。
於是，我沉默地望向大海。
海浪是溫柔的。再大的浪，來岸邊時都會瓦解，捨身在沙灘上。
海浪是虛無飄渺的。遠看雖有形狀，抵達海灘時卻會崩解，消融在砂礫中。
有時，它會來到我們所在的地方，將鞋子與腳弄溼。
我的眼神追著浪濤，思緒照理說也該跟著翻湧，但腦筋卻一動也不動。
不論看多久，都不會厭煩。
浪是不可捉摸的，所以總能帶來新奇感，看不膩。
一點都不無聊。
最近我甚至懷疑，無聊是否不存在。

我想，我一定是在看海時，領悟了這是夢。就像麻醉消退一樣，各種感官都甦醒了。不過最近究竟是指多久以前，我也搞不清楚。明明稍早前還記得，不知不覺又忘了。包括這裡是夢境的事情，我是不是也會逐漸遺忘呢？實在不想承認。

我盯著白音的臉。她的表情恬適安祥，嘴角與眼睛都帶著笑意，似乎一點也不無聊。她是否有自覺這是夢呢？

「有時我會想，海是不是掉下來的天空。」

我望著遠方，吐露心聲。

「靠著愛嗎？」

「不不，很普通，用流的。」

我的手上下擺弄，做出傾盆而下的動作。

「這樣形容不太美耶。」

白音沒好氣地笑了。她傷腦筋的模樣，看起來比平常的笑容更適合她。

總覺得以前好像在哪裡看過，也有可能是我把她認錯成其他人了。

那是一個帶點曖昧的笑容。

海景包圍著我們，我時不時偷瞄白音的側臉。

白音長得很成熟，但當風將她的髮絲帶到耳後時，又給人活潑俏皮的印象。大概是因為妹妹頭把銳利的臉型遮住了吧。靠近一看，才發現她的左耳上有痣。當我專注凝視她的時候，我們的眼神碰在一起。

白音似乎很高興我看她，笑了起來。讓我有點害羞。

「我忘了問。妳叫什麼名字？」

「……對喔，我還沒說過呢。」

鎮裡都是我認識的人，所以已經很久沒有自我介紹了。

「三島。」

「嗯。」

「妳的反應應該再熱烈一點吧？」

「呃……那，妳的名字跟海浪聲好搭喔。」

為什麼？我歪著頭。她笑著對我裝傻。總覺得輕飄飄的。

輕飄飄讓我突然想起了一個疑問，正好問問看白音。

「白音，妳作過夢嗎？」

白音稍微陷入思考後，緩緩地搖了搖頭。

「可能有，但內容不記得了。」

「這樣啊，跟我一樣。」

入睡就像舞台熄燈換幕。燈一下暗掉，接著又迅速亮起。

我沒有失眠或熬夜的經驗。更進一步說，我不曾迎接黎明。

畢竟身在夢中，這應該也很正常吧。

「作夢是什麼感覺？」

或許比現在的我以及這些包圍我的環境，都更不穩定，更像斷簡殘篇吧？

為什麼人會看見這些東西呢？

「一定就像美夢成真一樣。」

白音有些得意地說道。

「嗯……」

看她說得那麼美好，我想她應該什麼也不知道。彼此彼此。

白音身旁的釣竿被晾在一邊。

「不釣魚嗎？」

「這裡不行。」

白音伸長脖子觀察海面，一邊說道。我的目光停留在她繃緊的頸部。淡淡的陽光染在她的脖子上，為蒼白的肌膚增添了一些光澤與血色。好美。當我發現這一點後，眼睛就再也挪不開了。像海一樣。看著白音，似乎也不會膩。

「哎呀，我該回去了。」

白音像是想起什麼，站了起來。我這才發覺自己多麼明目張膽地盯著她，趕緊害羞地撇開眼神。

回去？回哪裡？

我想問，但好像有什麼堵住了嘴，開不了口。

「對了，明天要不要改在鎮上碰面？」

白音低頭看我，對我說道。

所以我還見得到白音？

沒什麼不好，尤其明天這個詞彙深得我心。

「好啊，要去哪裡？」

「所有地方我都想去，所以去哪都好。」

又陷入哲學氛圍裡了。但我想她應該只是在敷衍我吧。

有時候我也會想這麼說，所以我懂。

「先不管要去哪，至少決定碰面地點吧。」

終點和過程先擺一旁，起碼得決定起點，否則就無法成行了。

「那我們在學校前集合？」

面對白音的提議，我皺起眉頭，以示抗議。

「就算我們明明就沒有要去學校？」

「嗯，就算沒有要去學校。」

白音似乎發覺自己說出的話很奇怪，噗哧一笑。掛在肩膀上的釣竿，隨著影子搖晃。

約好之後，白音就離開了。在與她的背影拉開距離前，我向她喊道。

「再見。」

「嗯，明天見。」

白音的招呼，令我有些喘不過氣。我吸氣、吐氣，重新說道。

「明天見。」

我說出口，深深覺得明天見真的是很棒的詞彙。

白音扛起釣竿離開了。結果她並沒有把脫下的鞋穿起來，仍然打著赤腳。我不自覺地凝視起她潔白漂亮的膝蓋後側，以及貼覆在被海浪打溼的裙子底下的臀部。臀部的線條完整浮現，該怎麼說呢……不不，我甩甩頭，將腦中浮現的念頭趕出去。

我決定在腦袋冷靜前，都先待在這裡。

海浪不厭其煩地來了又去，去了又來。我盯著它，始終看不膩。

流經我們頭上的雲朵，不論過了多久、不論何時抬頭，都那麼似曾相識。

但有時就是想抬頭看。

好想永遠待在這裡。但我也只是盡量留久一點，沒有真的實行。

我有一種不好的預感，若一天結束時，我還在家外面，我就會連同夜晚一起消失。

所以即使我看不膩，即使海邊很舒服，我還是得回家。

人為現實所苦，所以想追尋夢中世界。

但真的住在夢裡，才發現這也沒什麼稀奇，只有那不確定的部分緊挨著肌膚而已。

在這裡，偶爾會與人不期而遇。

但若沒什麼事，今天和明天都不會改變。
我決定把今天框起來，成為明天的變化。
為了不要忘記，我用腳尖在沙灘上寫下和白音的約定。

隔天睜開雙眼，地點和約好的事項在腦中都還很清晰。
剛睡醒的腦袋喜孜孜的，太高興了。
現在的我，肯定笑得闔不攏嘴。
我精力充沛地跳起來，沒有一點上學的心情，卻往學校跑。
和耀眼的太陽一樣，我知道我的眼神閃爍著閃亮的光芒。
我抵達了不知過了幾天還是幾週，總之許久未見的學校。正門前沒有白音的身影，我抬頭觀測太陽，或許是我來得太早了。不曉得。在我的感覺中，日出後太陽的位置就一直沒變，過了一段時間，黃昏便突然降臨。
就像拉電燈的繩子切換光量一樣。看來要完美重現宇宙並不容易。
我決定靠在正門旁的柱子上等待白音。

穿著制服的學生三三兩兩地出現並進入校內。雖然覺得看過他們，但我無法一一區別。若不仔細凝視，他們的外型就像用黏土捏成的人偶一樣，有點粗糙。

操場上，一名穿著田徑隊制服的女生正在衝刺。我越過圍欄盯著她。雖然沒有其他比較的對象，所以我也不敢肯定，但她似乎跑得很快。我看了她好一會兒，不過她只是一個勁地練跑，於是我把視線轉開，環伺周圍。她不在。

白音沒有來。我反芻著昨天彼此交換的那句「明天見」。

她出現得突兀，忽然消失也沒什麼好奇怪的。

夢大概就是這樣吧，邏輯清晰的夢反而才令人渾身不舒服。

我們即使不死於交通意外，某天一定也會如泡沫般突然消逝。我常有種雲靄包圍著我的感覺，我大概會被它逐漸吞噬吧。

即便是幻想出來的世界，仍然逃不過生離死別。

大概是因為不論在哪個世界，我們都是被生下的。

出生後，總有一天會死亡。

即使是在消失後什麼也不會留下的，夢的碎片裡。

「……咦？」

一道影子，伸進這個太陽和雲都沒動的世界。

我抬起頭，心跳漏了一拍。

白音蹲在門柱上，往下盯著我瞧。我們四目相接，她露出牙齒笑了。

「嘿！」

接著她跳下來。雖然有點向前傾倒，還差點摔出馬路，但她只是轉了幾圈，最後沒事。她來到我面前，搖搖我的肩膀，想再嚇我一次。我知道她覺得好玩，但我可不認為有趣。

「妳什麼時候來的？」

「剛才。看妳在發呆，一不小心就……」

「一不小心就爬到高處，打算嚇嚇我。哦～原來妳有這種癖好。」

「我也不曉得耶。」

我們兩人哈哈大笑……看來她是聽不懂諷刺的那一型。

白音今天一如往常穿了制服，我也是老樣子。但這次她換了夾腳拖鞋。大拇趾一反名稱的「大」字，顯得小巧可愛。

「對不起，等很久了嗎？」

「等了一會兒。」

回答後才發現，我們雖然定了地點，但沒有約時間。

不過這是夢中世界，即使稍微馬虎、整合性差了一點，也不會造成大礙。

「那下次我先來，換我多等妳一會兒。」

「啊，不用介意啦。」

我擺擺手，表示不必啦，結果她也朝我擺擺手，模仿我說不必。

「我認為人不必平等，但至少要公平。」

「是這樣嗎？」白音的一席話，令我歪過頭。

我不是字典，無法立刻清楚地想起公平的定義。

「那，我們走吧。」

白音兩手空空，用力擺動手臂向前走，朝著學校的反方向。夾腳拖鞋踩在柏油路上的聲音比一般的鞋子還輕。都約在學校了，現在才要回鎮上？我有種多此一舉的感覺，但反正我也沒什麼特別的事要做。我領悟了一個道理——只要享受浪費的時間就好了。

為了與白音並肩，我加快了腳步。

離開時我回頭看，操場上的女生仍在練跑。

「天好藍，好漂亮。」

白音邊走，邊讚嘆斜前方的藍天景致。是我習以為常的天空。一件事物之所以平凡，是因為它獲得了許多人的肯定。

真的是這樣嗎？

我們沿著兩側滿是農田，沒有鋪裝的路筆直前進。

不久後，前方不是泥土路了，房子也愈來愈多。大型建築物一口氣增加，不要說我的個頭了，甚至比學校最高的校舍都還高，導致視野變得有些昏暗。我們走進大樓的陰影下，剛才的暑氣斂去不少。

我們穿過建築物的空隙，來到中央的大馬路上。掛著手寫字的拱門裝飾在頭頂上，表示歡迎觀光客蒞臨小鎮。拱門邊緣的紅漆已經剝落了，因海風而生鏽。

「我們要去哪裡？」

白音大力揮著手臂，指向前方。

「我想體驗熱帶國家的氣氛，所以去喝果汁吧。」

「雖然很具體，但這目的還真讓人不知道該說什麼好。」

雖然這座小鎮離海很近，但並不處於熱帶，這樣還能夠體驗熱帶國家的氛圍嗎？而且話說回來，什麼叫做熱帶國家的氛圍？香蕉、海、終年都是夏天！算了，我想大概八九不離十吧。

這座城鎮並不大，鎮上有什麼我大致上都很清楚。所以我想應該是找不到。但要對著努力前進尋找熱帶果汁的白音狠狠地潑冷水，也令我猶豫再三。

如此這般，為了找到有供應熱帶果汁的店家，我們決定在鎮上四處閒逛。

「一共兩百七十圓。」

有了。

我在櫃台結完帳，對著接過來的玻璃杯裝黃綠色果汁忍俊不住。

「不愧是夢中小鎮……」

「啊？」

「別在意。」

白音點了繽紛鮮艷的紫色果汁。據說是火龍果汁。

「三島妳點什麼？」

「甘蔗汁。」

「好喝嗎？」

「就是因為不曉得，所以點點看。」

店裡瀰漫著濃郁的甜香。沒有開燈，角落留下了舒適的昏暗。從華麗彩繪玻璃窗看出去的馬路，因日正當中而顯得蒼白。

「原來這裡有賣熱帶果汁，記起來吧。」

我在腦中的地圖添上一筆。經過多次塗改的地圖，一致性並不佳。我曾把小鎮畫成四方形、畫成弧線，甚至畫成圓形。

天氣很好，我們決定到露天座位上喝。塑膠製的白椅非常輕，拉開時有點不穩。桌子也是白的，但大概是疏於打掃吧，上頭有些細碎的樹枝。我用手將它們掃落，把果汁擺到桌上。在陽光下看，杯中液體的光芒又不太一樣。

「這和我家院子裡的一樣耶。」

白音對著桌椅品頭論足。聽她這麼一說，我才想起園藝參考照片中用的似乎也是這個。只有我們坐在露天座位，店前的狹窄小徑上，一名騎著腳踏車的少年呼嘯而過。不去學校不要緊嗎？我無視於自己的事這麼想著。

好，回到甘蔗汁。我用吸管立刻喝了一口，喝著喝著，感覺有視線在看我，我看過去，發現白音沒在喝自己的果汁，而是觀察著我的反應。

「怎麼樣？」

我將吸管從口中拿出，說道。

「比想像中不甜。」

「是嗎？」

白音朝我伸手催促。我會意後，將玻璃杯遞給她。咻咻咻，她毫不客氣地喝了起來。途中一度睜大雙眼、停止動作。但最後還是吞下去了。

「味道滿樸實的。」

她將玻璃杯還給我，感想很簡短。接著喝了一些火龍果汁，露出笑容。看來她比較喜歡那一杯。明明我點的果汁也很順口好喝啊……對了，這算間接接吻嗎？

雖然我也不清楚我們到底有沒有唾液。

問題不在這裡啦。

不在這裡。

嗯，當我意識到時已經非常害羞了，於是故作冷靜，矇混過去。

我有點煩惱要不要也喝一口她的果汁，但這似乎會讓自己想太多，於是打消了念頭。

何況我也知道火龍果的味道。我記得有點平淡。

我們就這樣享受了一會兒熱帶氛圍。

果汁喝到一半時，我環顧四周。燦爛的陽光、輕拂的海風、又高又美的淡藍色天空……明明該有的都有，但小鎮就是少了股清爽感。是因為缺乏景深嗎？包括對面灰色建築的色階，都顯得好平板。

不過連同海風黏黏的觸感在內，我都不討厭就是了。

白音用手托著臉頰撐在桌上，目光隨路上的行人移動。每當有人經過，她就會追著那張臉，瞇起眼睛。如果只是要打發時間，那也未免太投入了，這讓我有些在意。

「怎麼了？」

聽到我向她搭話的白音鬆開托腮的手，拿起了玻璃杯。

「我在找人。」

「哦？什麼人？」

我看著方才經過的社會人士那魁梧的背影問道。

「嗯……」

她搖著玻璃杯中的液體，含糊地回答。

「我不記得那個人的臉。」

其實我問的並不是長相，而是問那個人與她的關係，例如是朋友或家人之類的。而她的回答，卻令我目瞪口呆。

「那豈不是很麻煩？」

「嗯嗯。」

白音不怎麼傷腦筋地點點頭，還順便咻咻咻地吸了果汁。

「那妳見到那個人，不也認不出來嗎？」

「見到說不定就想起來了。」

「原來如此。」

的確有可能。

「名字呢？」

「忘了。」

「…………………………」

我也不認輸地咻咻咻喝起果汁。裡頭的冰塊已經融化了，味道變得有些淡。

「朋友？」

「嗯。」

「什麼時候認識的？」

「呃……」

「……有哪些是妳知道的？」

直接這樣問比較快。白音將杯子放下，回答道。

「性別吧？我在找女生。」

只有這點回答得很明確。女生啊，我看向街道。

沒有任何人通過。

我祈禱趕快有人來。

當然，人並沒有增加。

「這樣豈不是一輩子都找不到？」

「傷腦筋。」

即使她的聲音無精打采、甚至假哭，我怎麼看都還是不覺得她很在意這件事。她說的太籠統了，或許連她自己都沒什麼真實感。

既然對對方一無所知，那在這附近隨便抓一個女生，像是進到店裡，對店員說正在找妳，好像都行得通。不然找我也行。

「……………………」

我看向白音，與她四目相對，她欣喜地漾出笑容。

我的臉頰和耳朵像是會滴出溫熱的水滴一樣，熱了起來。

應該不是在找我吧？畢竟我不記得有人找過我。

雖然我連腦袋都是由夢境組成的，記憶並不可靠。

喝完果汁後，白音站了起來，用燦爛的笑容望著我。

「和妳一起開心地逛街，還可以順便找人。好處真多。」

我很聰明吧！她對著我敞開雙手，顯得洋洋得意。該傷腦筋的人笑開懷，無關的我在傷腦筋。

我對她無厘頭的舉動與樂觀的態度很有好感。

「那不是很好嗎？」

我同意，坐到她身旁。白音用活潑的笑容歡迎我。

她一笑，臉看起來更稚嫩，堆滿了笑意。

之後，我和白音一起逛了各式各樣的店。

有已經知道的店，也有新發現的店。
我們在途中看見的麵包店買了三明治，邊走邊吃。
我一面想著那條路的轉角處應該沒有麵包店啊，一面吃得津津有味。
小鎮會隨著白音的想像而變化……還是說，我也是？
難道說這是她的夢？
這裡是她所構思的理想世界……大概是吧？
這個夢境應該混雜了她的願望沒錯。
那在這場夢裡，我是什麼呢？
她是以什麼樣的情感為基礎，把我創造出來的呢？
我一邊想著，遙望我們走過的街道。
那麼，白音是為了尋找誰才來到這裡的呢？

在鎮上繞了一會兒，最後抵達的是我遇見白音的沙灘。
「只是隨意走走，不知不覺就來到這裡了。」

「嗯。」

城鎮與海有一段距離，就這麼隨意走走竟然走到了。現在回頭看，搞不好隔了一條街就是小鎮呢。算了，這些都無所謂。

重要的是，浸泡在陽光下的沙灘，像魚腹一樣閃耀著銀色光芒。

熱帶氣氛果然還是要以海來收尾。

我按著頭髮任海風吹拂。走在鎮上時累積在肌膚上的東西，都被吹走了。強風像要把身體切穿似地颳著，我感到一絲寒意，卻也覺得清爽。

「我喜歡海！」

我一宣示，白音也笑瞇瞇地跟著說「我也是！」

我們雙手舉高，莫名開朗，一同跌坐在沙灘上。這是我和白音第三次看海。在這個「我」在現實中，是否有原型呢？

或許是她創造出來的世界裡，由我和她變成好朋友，究竟代表什麼意義呢？

「早知道就帶釣竿來了。」

白音遺憾地皺著眉頭笑了。

「今天釣得到嗎？」

「應該可以喔。」

看白音充滿自信地點頭，我也跟著觀察海面，但分不出差異。

「妳該不會是隨便說說的吧？」

我有點壞心地質疑她，白音生氣地嘟起下唇。

「為什麼要戳破我？」

「啊，對不起。」

我扮鬼臉道歉，白音立刻收起不高興的表情，展現笑容。

「好久沒那麼開心了。」

白音用清朗的聲音說道。這讓我也開心起來，覺得好像真的釣得到魚。

欣慰，就是這麼回事吧。

所以我才會不小心……

「那以前有什麼事是讓妳覺得開心的呢？」

「啊？」

白音的表情僵掉了。

「呃……有什麼呢……」

白音的反應有些為難，最後強顏歡笑，像在裝傻。
她欲言又止的模樣，彷彿一桶冰水唰地一聲淋在我頭上。
我後悔了，不該問的。
在這裡，詢問過去根本沒有意義。我明明知道，卻明知故問。這裡有城鎮，有人，看似沒有矛盾，破綻卻在四處若隱若現。
不論是活著的，還是不存在的。
對話中斷了，我望向天空。
我有一種天空表層即將剝落，馬上就會掉下來的感覺。
一抬頭，浪濤的聲音便遠了。當大海從眼角餘光溜走，海水是否還在原地？
「……那個。」
我該說嗎？出聲後的我迷惘起來，頭變得好重。
「嗯。」
「妳有發現，這裡是夢嗎？」
我向她問道，眼前發白。
如果白音因為這樣而從夢裡醒來，這個世界大概會崩塌吧。這問題太危險了，但我無法不問。

在我體內的好奇心，似乎很厭惡原地踏步。

白音一開始睜大眼睛盯著我，接著像是吃到很苦的東西似的，臉皺了起來。她的臉愈皺愈厲害，把我嚇壞了。

「嗯……」

白音困惑地瞇起雙眼，仰頭看天。接著立刻低頭，手指抵在太陽穴上。

「啊，妳也可以當作是我腦袋燒壞了。」

看她陷入沉思，我趕緊補充。

「倒不如說，我真希望是我腦袋燒壞了。」

我吐露出自己的願望，將手指插進沙子裡，畫了幾個莫名其妙的圖案，接著被海浪沖走。我畫的四足動物，根本分不清是狗還是馬，早點沖掉也好。

我把手放在溼掉的沙子上，在潮聲的包圍下，時間過去了。

我靜靜等待，竭盡所能不去看白音。

「嗯，也是啦。」

經過好長一段時間，白音開口了。我終於可以將眼神轉向她。

「妳一定覺得我明明不是學生還穿水手服，很奇怪對吧？」
但是我喜歡。我心想，握住裙子。
「說不定妳是水手？」
「那不可能，我會暈船。」
白音揮揮手，示意她做不到。若真如此，那她的確很奇怪。
「但水手服很適合妳。」
「謝謝。」
白音的聲音聽起來很高興，但並沒有笑容。
「夢嗎？」
她嘟噥道，隨即往後倒，接著不曉得哪根筋不對，開始蠕動起來。
她全身左右彎來扭去，在沙灘上摩擦。現在是什麼情況？我看得頭皮發麻，但還是陪著她。過了一會兒，動作停止了，白音不開心地皺著眉頭，向我報告。
「沙沙的。」
「那當然啊。」
她爬起來時，背部跟頭髮看起來都亂糟糟的。

「明明是夢？」

「跟是不是夢有關嗎？」

她應該是想確認什麼。雖然我無法說得很清楚，但白音的行為我多少能理解。在夢裡，沙子的觸感照理說是不需要的，卻出乎意料地真實。

如果這個夢更直截了當一點，我們就不會有這麼奇怪的煩惱了。

「可以問妳一件事嗎？」

「好啊。」

白音依然躺著，她因陽光而瞇起雙眼問道。

「夢跟現實，有哪裡不一樣？」

「是否有真實感。」

我常常在想這件事情，所以立刻就能回答出來。

「少了逐漸累積的感覺。」

每一天，都像不斷在攪拌玻璃杯中的液體。

將無臭無味的透明液體轉啊轉、轉啊轉。

沒有結束的一天。雖然我也很害怕，結束時液體會消失。

「逐漸累積……累積啊。那如果能累積起來，和現實就一樣了嗎？」
白音的疑問聽起來像在試探我，我猶豫著該怎麼回覆，決定以沒有結論來作答。
「妳覺得呢？」
「我們約好明天見，今天就見面了。雖然只是芝麻綠豆的小事，但妳不覺得，這就是一天的累積嗎？」
白音的雙眼，訴說著她與我的相遇。
「在夢裡得到的，與透過書本或電影所體會到的感動，哪裡不同？」
「…………………」
「我會先想到這些。」
白音在這裡打住，似乎暫時歇了一口氣。她的每個疑問，都比想像中悅耳。
她的想法，似乎在與我共鳴。
我又開始覺得，這個世界有點假假的了。
「妳腦筋動得真快。」
簡直像一開始就準備好了答案。
「這很普通啊，每個人都會想。」

「嗯……是嗎……？」

我回頭，常走的路還在。我想像著在遙遠的路途彼端該有的那座小鎮。

我以為生活在鎮上的人，從來沒想過這些事情。

白音站了起來。沙子從搖曳的髮絲間灑落，畫出軌跡。

「明天要不要出遠門？」

「遠一點的地方？」

白音猛搖頭，表示不對。

「很遠的地方。」

她把雙手左右張到不能再大，海風颳著展開的袖子與領巾。

像晾在晒衣竿上的衣服在晃動。大概是因為手臂很細吧。

「我從來沒有去過小鎮以外的地方。應該吧。」

她似乎比以往都沒自信，最後還加上了不確定的語氣。

「我也沒有啊。」

甚至都懷疑起小鎮之外到底有沒有東西了。

「所以更要一起去尋找夢的盡頭啊！」

白音說這句話到底有什麼含意，我一時無法領會。

在我思考前，白音便朝我伸出手。我還搞不清楚那代表什麼意思，所以反應不過來。

白音維持笑容，耐心等待我。

我慢半拍後才發現那是握手的意思。握手，是我腦中有建立知識卻從未經歷過的互動模式。

握手，讓約定有了形貌。

我緊張地握住白音的手。

她的手與柔嫩的外表相反，覆滿了沙，摸起來粗粗的、一粒一粒的。

我思考著自己被賦予的職責。

真正生下我的，是夢境與人心，而這些都似流雲般難以捉摸。

究竟是對我有什麼期望，才讓我活在這裡？

白音在現實中，是否也和我很要好？

還是說，正因為我們處不好，才會在這裡產生「與她和睦相處的我」呢？

我總是自然而然地受她吸引。

和昨天一樣與我約好碰面的白音，跟她發下的豪語一樣，比我先到。藍天下，她那白得不輸雲的手，向我揮舞。她背了比較大的背包。我也向她揮手，她小碎步向我跑來。

我並沒有準備太多行李，可見她比我興致高昂。

「我等了十分鐘唷。」

她不知為何喜孜孜地向我報告。我沒有看錶的習慣，所以不曉得十分鐘有多長。若不界定幾點、幾分，時間就不會被限制在框框裡，人們也就無法掌握它。

「對不起。」

「沒關係。」

白音的笑容很真實、沒有一絲勉強。這就是她說的公平的喜悅嗎？

若這裡是白音創造的世界，那她對我們而就是母親，不，是神。成為神的同伴，令我有些誠惶誠恐。

「去車站吧。」

白音指著前方，篤定地說道。但那裡只有枯萎的農田。

「有車站嗎？」

沒有。

「沒有的話，就繼續走。」

白音毫不畏懼，一路勇往直前。我陪著她前進，有種預感，應該待會兒就會看見車站了。有車站，就有電車。所以我們要搭電車嗎？

我雖然知道電車，也在電視上看過，但並沒有實際搭乘過。我試著想像了一下電車的形狀與車站的氣氛，但想到一半就會像被塗抹掉一樣，一片黑暗。

「對了，妳不是要找人嗎？」

既然是為了找人才到鎮上，那離開不就找不到了。雖然她的尋人啟事就那一點點的資訊，應該也很難順利完成。

「那件事之後再說，現在我只想和妳在一起。」

白音的一席話令我面紅耳赤。我一挪開視線，她的嘴角便浮現滿意的微笑，像是目的達成一般。明明我背對著她，她應該看不到才對，但她卻能察覺我的心思。

我們隨著白音指示的道路筆直前進。穿過農田，立刻接上沿著堤防的路。我們在路上走著走著，不知不覺進入了枝幹環繞的林子裡。我一面感受泥土的氣息，一面朝樹木空隙間的光芒前行，接著登上一座大吊橋。

景色的變換非常劇烈，像一張張照片不斷交疊。

在橋上的途中，我們與一名狂奔的女孩擦肩而過。她來勢洶洶，整個人向前傾倒。我覺得那是我昨天在學校操場見過的女孩。為了確認，我回過頭，但她的背影已經遠去，無法辨別了。只有高高綁起的馬尾左右劇烈搖晃的殘影留在我眼中。

「喂，剛才的女生。」

我詢問白音。原本一股腦往前衝的白音，好奇地回頭看著我。

「怎麼啦？」

她的反應非常單純，似乎完全沒有察覺異狀。

看來白音並沒有看見剛才的女孩。

「那個……啊，今天釣得到魚嗎？」

我詢問流經橋下的溪水狀況。

「今天不行。」

白音瞥了一眼，立刻下判斷。若繼續追問，總覺得她會叫我不要分心。

在這個必須隨白音的心而變動的世界裡，依然有著她沒注意到的、不確定的事物，以及不可思議的東西。

即便在夢中，也無法為所欲為。

到底哪裡才有自由呢？

之後，我們越過橋，走到其他路上。我們離小鎮已經很遠了，要說不擔心是騙人的。從這裡開始，即便我掉頭就走，也沒有自信能獨自回去。唯一慶幸的是，步數、時間離我們都很遙遠，不論走多久也不會累。畢竟這一切，都是夢境造出來的。

不久後，就如同白音所說的，我們看見車站了。我早就猜到了，所以並不吃驚。

但還要再往更遠的地方去，讓我有些害怕。

「就在前面了。」

「嗯。」

我們等待車流中斷，接著橫越馬路，小跑步朝入口前進。城鎮外竟然也有車在跑，使我暗暗嚇了一跳。這些車是從哪裡來的？是誰開的？要往哪裡去？我瞇起眼睛，但駕駛席霧濛濛的，看不清人影。

我偷瞄途中的派出所，昨天賣果汁的店員坐在裡面。

隨著靠近車站，建築物的影子也愈長、愈大。我們一走進陰影中，突然就像冬天造訪一樣，冷風颼得皮膚都凍僵了。我已經搞不清楚現在是什麼季節了。

白天的車站人潮稀疏，幾乎都是在鎮上看過的面孔。或許我們的所在地沒變，只是建築物被換掉了。

車站內部比我見過的所有建築物都還要大得驚人。話是這麼說，但跟我在知識中建立的都市車站相比，大概就像是小水窪比河川吧。眼前有一家麵包店，傳來陣陣香氣。

白音帶我走上二樓。一下手扶梯，立刻就看見了售票口。我們通過賣伴手禮的商家前，操作機器，購買車票。這是我第一次買車票，所以花了點時間。

金額與目的地都不明確，我們仍然拿了機器吐出的車票，穿過剪票口。電子告示牌上顯示著時間與列車方向，但模模糊糊的，無法閱讀。每次到了緊要關頭總是這樣。我放棄讀告示牌，上了樓梯，進入月台。

一踏上月台，風便呼嘯而過。咻咻聲傳達出風的流動。

等電車的旅客很少，月台冷冷清清的，吹過來的風也因此毫無停滯。

這裡和車站外不一樣，站在影子下，也不會感受到寒氣。

空蕩蕩的吸菸處，設有讓遊客等車的座椅。車站大廳有幾間名店，但這上面似乎沒有。月台南邊擺著垃圾桶，看起來有些刺眼。嗯，嗯，我好奇地東張西望。

「車站那麼稀奇嗎？」

白音詢問靜不下來的我。我察覺自己被當成了鄉巴佬，覺得有些丟臉，但又隨即「對啊。」一聲老實承認。既然她發現了，那也沒辦法。比起這個，我倒要問問神色自若的白音。

「妳好像來過這裡？」

畢竟就連車站大廳她好像都很熟悉。

聽我這麼說之後，她才恍然大悟似地，轉著眼睛左看看、右瞧瞧。

「妳這麼一說，對耶。我好像有來過。」

「嗯。」

果然是這麼回事。

在等電車來的時候，我突然回頭。看見擺在候車座椅後的大看板，這才知道我住的城鎮叫什麼名字。這是現實中也存在的地名嗎？

我的思緒天馬行空起來。會不會所有作夢的人，都住在這座城鎮呢？

我閉上眼睛，頭、骨與肌膚，感受到隔著短短距離的另一側，傳來了人的吐息。

「車來了。」

我朝著白音的聲音回頭。接著，再次轉頭。

「這邊的車也要進站了。」

對面軌道上也停了電車，不知道哪一輛會往哪裡駛去。白音交互比較著兩輛車，接著說「機會難得，就搭這輛吧。」選了正開進站的電車。

我不曉得「機會難得」是什麼意思，但決定跟隨白音的選擇。

在停下的電車與月台間，有一道狹窄的間隙。即使它小到不足以讓我的腳穿過，但從空隙上跨越，仍需要一些勇氣。

我們鑽進車廂，在車廂深處的座位坐下。其他旅客接在我們之後上車，零零星星地坐在其他座位上。車門大大敞開，似乎還沒有要發車，現在還來得及離開車廂。但我依然坐在靠窗的座位上，白音則坐在我身旁。

我想大家並沒有意識到，我們被關起來了。

從敞開的門吹進的風，緩和了閉塞感。

白音將她背著的背包拿下來，改用抱的。動作很可愛。我無意中看向她併攏的雙腿，視線往下移動。她已經把鞋子脫掉了，光溜溜的腳趾動來動去。

「妳真喜歡打赤腳。」

「很放鬆唷。」

她朝我豎起拇趾，似乎在向我推薦，我假裝沒看見。

先不管這個，這輛電車真的會乖乖往前跑嗎？就在我擔心電車會不會像雲霄飛車一樣突然往上衝時，門關起來了。

看來終於要發動了。

或許我再也回不到這座小鎮了。

但是話說回來，說不定這裡也不是我住的小鎮啊？

夢有前後，有景深嗎？

一細想，我便頭昏眼花，腦袋彷彿會融化，隨著景色消失。

車廂大力晃了一下，應該是固定器移開了。電車，開動了。

這種感覺，就像船把錨拉上來。

「哇、哇、哇！」

我的身體連同座位一起前進。

身體不必動也能移動，讓我感到很新鮮。我環看車廂，比想像中的搖晃。明明喀噠喀噠的搖晃著，卻能直直往前走，這也讓我覺得很神奇。

如果這是腳踏車，在那麼不穩的狀態下，應該很難筆直前進。好奇怪。臀部似乎浮了起來，真不習慣。這是現實嗎？還是因為這是夢，所以才行進得那麼順利？……我對電車幾乎一無所知，所以分不清楚。就在我隨車廂搖頭晃腦的時候，我聽見了笑聲，趕緊將眼神往下挪。白音正在欣賞我，似乎很愉快。

「喜歡電車嗎？」

「相反，我覺得坐立難安。」

噹，電車突然大力往右晃，我不由得面如土色。偷看窗外，景色照樣移動，一切如常，車輛也沒有傾斜。接著我發現電車竟然沒有安全帶，這樣要是遇到強烈的撞擊，頭好像很容易撞到前面的座位。

我沉浸在擔憂裡。一道溫暖的觸感覆上我的手，彷彿看透了我。是白音。她握住我的手，舉起來給我看，對著我微笑。

「放鬆點了嗎？」

「……嗯，好像。」

這次她的手沒有沙沙的。柔嫩的觸感，令我臉頰發癢。大概是因為很少與人肢體接觸吧，光是這個動作，便輕易地撩撥了我的心。

每次與白音碰面、接觸，「我」的存在便不斷改變。

就像受太陽光照耀一樣，白音拋出什麼，我便接住。而這奇妙未知的東西，持續創造出新的我。

當人們有了喜歡的人，資訊就會更新。

會讓自己變成對方喜歡的類型，也會希望對方愛上自己。

人類可以說變就變。就某些層面上來說，這或許會是很棒的契機。

但在願望如空氣瀰漫的夢中世界，又如何呢？

電車駛離市區，窗外的景色變成汪洋大海。可能是因為角度不同，海的色澤、光的明暗，都不一樣了。海水變得非常耀眼，海面波光粼粼，讓我的眼睛幾乎張不開。我用手遮陽，眺望海洋。

電車從海上的軌道駛過。

就像之前我畫的很醜的圖一樣，被深邃的藍隱沒。

「哇！」

白音漏出短短的讚嘆聲，身體壓在我的肩膀上，有些誇張地往窗邊探，欣賞海景。

她握著我的手，我可以感覺到她累積的力道。

「我知道為什麼我喜歡大海和天空了。」

「嗯？」

「因為我喜歡藍啊。」

淺淺映照在玻璃窗上的白音，漾著笑容，浸潤在一片湛藍裡。

很棒的喜好。

「我也喜歡藍色。」

我表示同意。但總覺得白音和我對藍色的情感，似乎不太一樣。

「啊，海沒了。」

電車駛入另一座城鎮，白音感嘆著望不見海了。

「希望待會兒還能看到海。」

「對呀。」

白音的心情立刻好轉。我們始終握著彼此的手。

「餐車來的話要不要買冰淇淋？」

「好啊，可是電車裡有餐車嗎？」

我猜餐車應該就是……常在新幹線看到的那個。

「不曉得耶。」

白音笑得燦爛，明明是她自己說的，卻不知道。

電車停止了。似乎抵達了其他站。

「這裡是？」

我漏聽了車內廣播，不曉得站名。幾名乘客從打開的門下車。這個車站比剛才的更開放，月台像是蓋在一片荒地上。

讓旅客休息的椅子，似乎好幾年沒人坐過，都髒得變色了。

我看向白音，與她商量接下來該怎麼辦。

「下車嗎？」

「我們買的車票很貴，不如再坐遠一點吧。」

「啊，這樣啊？」

我只照著白音的指示買，根本不曉得金額的價值。

原來是這樣，我望著車站發愣。

接著嚇了一跳。寒氣從後腦勺傳到背部，像要把身體撕裂。

下車的乘客消失了。一走出電車，便無影無蹤。

我以為是我眼花，就在我凝神細看時，電車駛離了車站。

「啊，又是海。」

白音雀躍的聲音，仍然掃不去我的寒氣。

我轉動身體，想看看電車會往哪裡去，但臉光是靠近車窗，冷汗便流個不停。

「……那個，我們要不要在下一站下車？」

我努力不將害怕表現出來，向白音提議。

白音漫不經心地微微歪著下顎。

「為什麼？」

「為什麼……老實說的話，是因為我好像愈來愈害怕。」

但我其實無法說清楚我在害怕什麼。

朦朧的不安，像雨雲一樣壓境而來。混入構成我的一大片淡粉紅色裡，逐漸侵蝕著我。

「沒關係，有我在呀。」

白音的回答充滿盲目的樂觀。但當她將緊握著的我的手舉起，一股力量便油然而生，安撫著我的心。

「……對啊。有妳在，我就不怕。」

我的思考變得像白紙一樣白。我轉向右方，看見了剛才白音說的海。海水的綠滲到遠方，可能是因為深度很淺。為了將海景映入眼簾的每個角落，我望得出神，眼皮自然閉了起來。一片黑抹抹的。消失或不消失，這些紛紛擾擾都離我好遠。要是我能連根手指都不動，就讓許多東西從世界上不見，那確實，我也沒什麼好怕的。

昏暗中，電車行駛的聲音，與白音手指的溫度浮了上來。

電車行駛的聲音如輕敲頭般響起，人體肌膚的體溫遠遠帶有微弱的光亮。

「睏了嗎？」

「……不曉得。」

我突然思考起睏是什麼。是倦怠嗎？

我發現我在晚上並不是因為睏了才就寢。

而是因為覺得一天結束了，夜晚覆蓋著我，所以閉上眼睛。

對我來說，睡眠，應該與死亡相去不遠吧。

電車再度大力搖晃。我的身體東倒西歪，睫毛碰到眼睛下緣，癢癢的。

「沒事吧？」

我問白音。

「沒事。」

和我猜想的一樣，她回答了我想聽的答案。接著換白音問我了。

「妳有沒有想去的地方？」

「嗯……」

如果我說了，她會帶我去嗎？想去的地方……我呢喃道，舌頭深處卻卡住了。我發現自己似乎一直很想到某個地方、想碰觸某個目標。但那就像用手指捏住濡溼的紙張邊緣般脆弱、危險，而且絕不具體。

「好像有，但我想不起來。」

「是嗎？」

她的音色一貫地溫柔，但這簡短的回應，讓我有種觸底般的生硬感，是我的錯覺嗎？她的發聲與收聲都有些僵硬。

「到了我再叫妳起床。」

到哪裡？我心想，但沒有問。又長又複雜的對話，我吃不消。

我是不是和在車站消失的人們一樣，正從頭頂開始一點一點刷白呢？……從頭髮開始消失。討厭，我不喜歡這樣。正當我這麼想時，有東西靠住了我的肩膀。與手指一樣的溫度發出光芒，是白音將肩膀抵在我身上。

那又輕又重、充滿矛盾的質量，如同一把鎖，將我拴在這裡。

電車仍在繼續跑。朝向哪裡？朝下一站。接著會怎樣呢？

我們也會和其他人一樣消失嗎？應該說，真的有地方能讓我們抵達嗎？我的手指不自覺用力，白音像在回應我，將手指反握回來。這樣的互動，讓我覺得好舒服。我想白音也很渴望這麼做。

「……………………」

若這是白音心心念念的夢，那我是不是她喜歡的類型呢？

我覺得既害羞、又丟臉，還有點不舒服。

我對白音的好感，也是她賦予我的嗎？還是我與生俱來的呢？為什麼我們會一起行動？在鎮上繞，一塊搭電車，是誰的意志？我答不出來，不論哪個，我都只能乖乖接受。

原地踏步的日子，因白音而開始前進。

對生活的不滿，引導白音與我碰面。

有了白音，我才能來到這裡。因為有白音，白音她……

白音她，幾乎變成了我的全部。

我突然害怕地睜開眼。黑暗漸漸有了顏色、有了形狀。

看著我們緊牽的手，電車的聲音鮮明地灌入耳中。

我抬頭。

目不轉睛地盯著坐在身旁、正在端詳我的她。

「妳醒啦？」

「妳簡直是為我量身打造的。」

我略過她的話，將領悟的想法告訴她。

她擁有我所追尋的答案、我所渴望的溫暖。

彷彿她就是我的心願。

「所以，這些場景，說不定是我在作夢。」

我渴望一個像白音這樣的朋友，某人又夢見了這樣的我。

人的心願原來可以那麼曲折複雜。

這裡雖然是夢中夢，我們卻緊握著彼此的手。

「妳渴望我，我好高興。」

白音立刻就聽懂我的話了。所以我才覺得我們心靈相通。她溫暖地笑了，流露出甜甜的真心。

在溫柔接納的氛圍下，一點一點地，不斷牽絆住我。

但我還是……我抬起相握的手。

「如果把手放開，我也會消失嗎？」

電車從剛才開始就沒有靠站。而那些尚未下車的旅客也都消失了，車內只剩我們兩人。

「妳想把我帶到哪裡去呢？」

白音在找的人，果然就是我吧。

白音只是傷腦筋地笑著，什麼也沒回答。

我看著她，嘆了一口氣。

兩個人就這樣一起到某個地方，也不是什麼壞事。

但，這或許是白音的初衷，卻不是我所想要的。

「我想回去。」

我鬆開白音的手。像斷線一樣，手腕上的力道消失了。悄悄潛入的不安如從縫隙吹進來的風，我咬緊牙根，忍耐著、承受它，將它嚥下。

白音看起來依依不捨，一遍又一遍握緊張開的手。

她似笑非笑地凝視著我。

「為什麼？」

「我也說不清楚，但總覺得我好像忘了什麼東西。」

我覺得我不能待在這裡，這讓我非常焦急。

或許這與我剛才說的，對我想去的地方的記憶有關。

我抬頭看車廂出入口的電子佈告欄，什麼也沒顯示。

「我會在下個車站下車，折返。」

「如果沒有下一站呢？」

白音的聲音黯淡下來，跟平板的小鎮氛圍很像。

「如果沒有，我就這樣做。」

我把手抵在窗上，往上推。原來電車的窗戶可以打開呀，連我自己都嚇了一跳。

不，或許是因為我想開，夢境才回應我的。

這個世界雖然是神創造的，但我仍能撿起眼前的石頭。

我能依照自己的意志來更動某些東西。

我們能一點一滴改變這個世界。

我往下看，仍是一片汪洋大海。不是代表水淺的綠，而是深邃的藍。

這裡的深度可行，我心想，將身體探出窗外。

「等等！」

「沒問題的，我很喜歡游泳。」

我向慌忙制止我的白音裝出泰山崩於前面不改色的模樣。內心卻在尖叫，畢竟我雖然擅長游泳，但要跳下去還是很可怕啊。從敞開的窗灌入車內的風，冰冷、銳利，吹得我心慌。我把那像要將我留下的風，踩在腳下，用力抵抗它。

白音大概是發現留不住我，於是提出另一個主意。

「我也一起跳。」

白音站起身來，示意要與我一起走。但就在同一時間，車內響起了廣播。

順著廣播，白音維持著起身到一半的姿勢，抬頭望向天花板。

「她在叫我。」

那是我沒聽過的聲音，但白音似乎認得。

「妳還是就這樣搭著電車回去比較好。」

既然有人在呼喚她，更該如此。

白音眼神扭曲地看著我。半開的口喃喃自語，吐出幾個簡短的詞彙，但我因為電車行駛的噪音與風聲而沒聽見。

「……是啊。」

她垂頭喪氣地重新坐好，側臉中含著落寞。她的眼與眉朝下，生出陰影。

她用力閉上眼，像在忍耐心痛。接著，她將手掌按在左眼上，遮住臉。我看見她的嘴角在笑，像是在自嘲。接著她似乎終於忍住了，把臉抬起來。

「有件事情我一直想告訴妳。」

白音的語氣變得有些生硬。她看起來帶有另一個人的影子。

我聽著她的話，有種錯覺，她似乎也把我投射成了另外一個人。

「我是真的覺得妳的長髮很漂亮。我打從心底這麼想。」

這句話，使我一瞬間，看見了從未見過的風景。

明明她已經不再靠在我身上，我的背卻仍感覺得到人的體溫。

「謝謝。」

我也打從心底道謝。接著彷彿終於找回了遺失物，我的胸口不再堵塞。我對這牽掛的心情消失感到困惑，但又滿足，只能咬緊下唇。

被在自己心中所沒有的東西翻弄著，卻很神奇地留下了清爽的感覺。

在這股心情消失前，我決定離開。

「我要走了，我得趁海結束前跳下去。」

我偷看窗外。看著眼前有一大段距離的海面，我吞了吞口水。

拿出勇氣。我把腳跨在窗框上，最後一次回頭。

白音漾著笑容。但她的眼淚已經快掉出來了，雙眼皺成一團。

白音說了。

「妳總是這樣。」

在問她是什麼意思前，我的身體超過一半已經躍出窗外，無法停止。

那是一整面的，藍。

朝著那一片藍，我在海消失前，從窗戶縱身而下。咻咻咻，高速墜落時產生的風的呼嘯，與尖叫聲重疊，與我一同往下墜。衝擊與水飛濺的聲響，堵住了耳朵。咕嘟咕嘟咕嘟，我像是沉進了泥沼裡。

吐沫般的聲音在耳畔不斷響起。我切換姿勢，望向海面。朝著泡泡浮起的方向划動手腳。我撥開水流，將手臂伸直，企圖捉住光亮。

在斷氣前，衝出海面。

我被海水包圍，接著突破海面，眼前是一整面的汪洋。

這裡有海，天上有雲，我的手臂拍打著海水。

我整理思緒。即便從前進的電車躍下，我也沒有消失。

我縱身跳入的這個世界，的確一直綿延到很遠的地方。

我不斷搖頭，甩掉髮梢上滴落的海水。發現鐵橋的柱子，往回看，電車已經從橋上開走了。我感到天旋地轉，身體好重。是因為穿著衣服的關係嗎？

「…………………」

白音回現實去了嗎？

我們的相遇，代表了什麼意義呢？

在這個夢境與現實交錯的地方，留下了什麼呢？

但願那能豐富彼此的心，即便只有一點點都好。
我想這就是我們相逢的意義。
我用力深呼吸，調整氣息。灼熱的陽光晒在瀏海上。
「好。」
我啪答啪答地拍著海水，掌握現況。
這裡雖然是夢境，但在處理問題上，我似乎沒有特別待遇。
看來我必須靠自己的力量回到岸上。
其實這樣才好啊，我心想，盯著從指縫間溜走的海水。
呵，我從丹田漏出笑聲。
「游泳囉！」
我咕嚕嚕地吃著海水，發出宣言，划動手臂，將水面嘩啦啦地撥開，憑著一股蠻勁游泳。沿著橋折返，相信一定可以在某處上岸。重要的是想像力。
我能回去，而且有回去的地方。
如今的我即將抵達那裡。我把得到的東西完整抱在懷裡，我不再缺少、也不再更新。海裡的我正在游泳，而我將出現在那裡。

在夢裡，永遠活下去。

我深信著，繼續划水。

靠岸時，我的手臂已經抬不動了，就像兩條垂掛的流木。腰部以上一離開海面，下半身就像沾滿汙泥一樣沉重。我快死了，我吐出海水。

連把黏在額頭與眉毛上的瀏海撥開都懶了。

我可沒想過會這麼累啊。但就某些層面上而言，這毫不客氣的重擔，說不定正代表了現實。現實總會將不想要的東西硬塞過來。

否定夢的，是我。

我心想反正沒有人看見，便維持這副模樣，嘩啦啦地登上海灘。

一上岸，便發現沙上長了一雙腳。

哦？我抬起頭來。

一名女孩睜大雙眼，迎接我。

我連驚訝的力氣都沒有了，只是看著她，心想原來有人在。

「坐船遇難的水鬼？」
「……我可不需要杓子划水。」
我把裙角握成一團，將水扭乾。這才終於撥開瀏海，喘了口氣。
女孩看起來個性很活潑，她略帶警戒地觀察我。就在我心想她是誰時，突然認出她是那個呼嘯而過的女孩。她似乎正跑到一半，沙灘上有許多深深的腳印。她因為看著我，雙腿停下了動作。我再次從正面看她，發現她與白音有些相像。
髮型與姿勢會大幅改變一個人的形象……若她刻意模仿，也許會一模一樣吧？
我與她四目相接，總覺得安下一顆心。
就像找到了遺忘的東西一樣。
「我打擾妳了？」
「不會呀。」
女孩笑瞇瞇地，指向海洋。
「這裡的海水有溫暖到可以游泳嗎？」
「呃……不曉得耶。」
剛才的我根本沒閒工夫感受水溫。如果真想知道，其實摸摸看很快就揭曉了。

但我刻意什麼也不做，只是站在原地等待。

「海是邂逅的地方。」

「啊？」

「呵呵。」

這次的女孩會把我帶到哪裡去呢？

我閉上眼，將身體交給迎面而來的浪花。

白浪包圍著我站在沙灘上的雙腳。

海水的溫度，告訴了我現在是什麼季節。

少女妄想中

凝視著妳

有件事情，我一直好想告訴妳。

那是一種和愛相似的情感，但更自私，且違背倫常。

所以，我不能說出口。

空氣裡傳來茶粉溶化在熱水裡的陣陣茶香。我假裝沒聞到，繼續把手撐在櫃台上托腮。敞開的文庫本上的文字，我連半點都看不進去。

狹窄的架子上排放著許多茶罐。有綠茶、紅茶，還有適合夏天飲用的麥茶。屋外黃綠色的屋頂上，寫著「茶」字。這裡門可羅雀、幾乎沒有客人，但至今也沒改做其他生意，或許是還過得去吧。

狹小的店內瀰漫著濃郁的茶香。

現在是冬天淡季，門窗緊閉的店裡，不知從哪個空隙鑽入了冷風。這棟蓋在鎮上的茶屋，飽經風霜地堅守著古老傳統，對面的醫院彷彿吸收了周遭建築物的養分，獨自壯大。而被吸走的，當然只能枯萎、褪色了。

但這股淡淡的氛圍與獨特的氣味混在一塊，竟不可思議地讓人感到平靜。

假日我在長輩的店裡實習打工，時薪微薄。

如果有人問我，為什麼要打這份工，我會說因為閒著也是閒著。

會說我想多少存一點錢。

會說因為正式的工作太辛苦。

但我其實醉翁之意不在酒。

感覺到她的氣息，我抬起臉。

充滿光澤的栗色髮梢，首當其衝地映入眼簾。

「要喝茶嗎？」

「啊，好。」

我將托腮的手拿開回答道。她向我微微招手，示意我過去，隨即消失在裡面的房間。我慌慌張張地站起來，結果撞到膝蓋，只好咬著下唇忍耐疼痛，往裡面的房間走去。

剛才露臉的是我的小姑姑。她是爸爸的妹妹，快四十歲了。

在我眼中，她是個大美女。

舉手投足、言談舉止都充滿了氣質，是我的偶像。

我穿過堆了許多雜物的狹窄走廊，往裡面的房間走去。打開玻璃門，暖氣的熱風迎面撲來。我馬上把門關上。房裡，小姑姑坐在暖桌旁，正在將茶杯昇起的白霧吹散。她薄薄的嘴唇有些乾裂。垂頭時眉宇間浮現的陰影，描繪出些許的疲憊。霧氣般白皙的肌膚，因房間的溫度而泛起紅潮，身上穿著厚厚的素色套頭毛衣。最近我才知道，小姑姑很怕冷。

接著，是她的眼睛。

「…………」

小姑姑的肌膚與頭髮的光澤，看上去就像二十歲後半的妙齡女子。不是因為打光，即便在暗處，也看不出她的實際年齡。但她又有著與年齡相符的成熟、穩重，與歲數差不多的母親相比，顯得與眾不同。

我從小就喜歡小姑姑，喜歡得不得了。

我想原因有很多。

屋裡只有我和小姑姑。雖然店面就這樣被放著不管，但身為老闆的小姑姑似乎也不太在意。我們在暖桌前面對面坐著。房間角落有一張小姑姑當床用的老沙發，鋪著一張沒有收拾整齊的毛毯，毛毯上散落著封面折到的旅遊雜誌與地方資訊期刊。

「喝茶吧。」

小姑姑將茶杯遞給我。杯上寫著飛驒牛，摸起來凹凸不平。

「謝謝。」

我接過茶杯，將嘴輕輕抵在杯緣。滾燙的茶水朝舌頭與嘴唇逼近。

隨後而來的味道，令我有些驚訝。

「是紅茶。」

小姑姑用日式的陶瓷茶杯裝茶，所以我先入為主地以為是綠茶。

「紅茶啊……」

小姑姑似乎想說什麼，但話沒說完就停止了。

她睜開眼，浮現若有似無的笑意。

「怎麼了？」

「沒事。」

小姑姑將眼神撇開。我望著她的動作，心頭一驚。

她的左眼動了，但右眼沒跟著動。

右眼落單似地朝著其他方向。

雖然不明顯，但臉部表情沒跟上時，就會像這樣看起來不協調。

我想把眼神壓低。

卻又想用力凝視得更清楚。

明知會心痛，矛盾的渴望卻油然而生，令我想靠近小姑姑的右眼。

假設嬰兒無意間殺了人，該當何罪？

不是法律問題，而是當嬰兒長大、人格建立後，得知自己完全不記得的過去，該如何面對？他得贖罪嗎？

我思考著這些事，不過我沒有殺人。

事情沒有那麼聳動。

但我卻也背負著相似的經歷。

我弄瞎了小姑姑的右眼。

據說。

那是在我大約一歲兩個月時發生的事，我當然什麼也不記得。長大以後才聽說，小姑姑在陪我玩時，眼睛被玩具突起的地方刺到，右眼失明。當時動的手術使得黑眼珠縮小，因此小姑姑裝上了義眼。

平常看不出來，甚至從正面觀察，也很難分出哪邊才是義眼。小姑姑的生活似乎也沒因此產生太大的障礙，除了以前聽她說過，每三天必須拆下來清洗一次很麻煩之外，她沒有在我面前說過任何一句怨言。

小姑姑若是怪我，我也不曉得該怎麼辦，但我認為她有資格怪我。

不曉得小姑姑對我是怎麼想的？

「這款紅茶之前喝過，記得品種嗎？」

「啊？呃……我不記得。」

「我想也是。」

小姑姑似乎也不期待聽到正確答案，草草帶了過去。接著，聲音沉寂了下來。暖氣機運作的聲響悄悄地塞滿了整個房間。風不時吹動窗戶。

可能是因為房間很暖和，紅茶冷得慢。我小口小口地喝、讓紅茶濡溼我的舌頭。啜飲時，我時不時偷看小姑姑。她一直盯著茶杯發呆。

小姑姑與我不太說話。應該說我們會對話，但不會聊得很熱絡。

她總是短短說了幾句，便靜靜闔上嘴。

於是我也只能安靜下來，看著小姑姑。

聽說小姑姑以前話比較多。但自從眼睛受傷以後，就變安靜了。在那之前……該怎麼形容呢？爸爸說，以前小姑姑會說冷笑話，然後自顧自地笑起來。她在人前很文靜，但獨處時，想到「軟糖軟掉了」這類冷笑話，竟然會當場說出來大笑。好難想像。

再來，我還聽說小姑姑獨處時，笑聲是「咿嘻嘻嘻嘻」。

幸好現在小姑姑不這麼笑了。

不，搞不好根本沒改掉。

反正不論如何，都沒有我說話的餘地。

「喜歡橘子嗎？」

小姑姑忽然與我對到眼，突如其來地問了一句，嚇我一跳。

「是喜歡啦……」

我邊回答邊看向桌上，但桌上根本沒有橘子的蹤影。

「這樣啊……可是這裡沒有耶。」

「嗯……」

「橘子……算了，沒事。」

小姑姑欲言又止，安穩地垂下雙眼，嘴角流露出些微的笑意。

「……………………」

該不會是想說「橘子沒有了，悲橘」……之類的冷笑話吧？應該不會吧？

嗯，應該。

如此這般，等我喝完紅茶，小姑姑對我說：「今天妳可以回去了。」

「咦？小姑姑有事嗎？」

「沒事，但天黑前不讓妳回家，哥又要囉唆了。」

「啊……也對。」

我看向窗外，與寒冬相襯的陰天的灰，占據了所有景色。太陽像被追趕似地，落得極快。今年也只剩下一個月了。

我這才發現，原來冬天與小姑姑相處的時間比較短。

畢竟我是在暑假過後才來這裡打工的。

我拿起包包走到屋外，小姑姑出來送我。可能是因為室內外溫差大，外面的風一吹，小姑姑便微打哆嗦。我的眼神自然而然地追著她隨動作搖曳的髮絲。

「今天也謝謝妳來幫我。」

「我只是坐在那裡而已。」

「這樣就夠了。不好意思，妳這麼忙。」

而且薪水那麼少，小姑姑說著，輕聲笑了。的確，這個薪資實在僱不了其他人。

小姑姑對於我來這裡，有什麼想法呢？

我還沒有當面問過她。

「那下禮拜見。」

「好。」

我點點頭，準備挪動腳踏車。這時，小姑姑突然被一輛從右邊穿過的腳踏車嚇得往後仰，簡直像是幾乎就要那樣倒下的樣子，連剛剛騎過去的腳踏車騎士都特地回頭，確認自己是不是有撞到她。

小姑姑似乎完全沒注意到。原因很明顯，因為腳踏車是從小姑姑的右側穿過的。

「嚇我一跳。」

「……對呀。」

恢復姿勢的小姑姑瞇起左眼，將瀏海往上撥，回到平常的表情。

我們又做了一次類似的道別，這次我踏起了腳踏車踏板。

一騎走，冰冷的空氣立刻竄進喉嚨與鼻子深處，好渴。但一回想起與小姑姑一塊喝的紅茶，牙根便滲出有些溫暖的唾液。

我邊騎在回家的路上，邊思索。

我常在想，我對小姑姑的情感到底是什麼？

是對不曾出現在記憶角落中過錯的愧疚感？

還是……怎麼說呢？是更積極的……

……好感嗎？

那感覺太多太複雜，完全超過了我的理解範圍，所以也不好說。這種不知名但沉重龐大的東西占據了我的心，總是在提醒我去注意小姑姑。

回到家時，夜色已深，我趕緊洗澡。

頭髮吹到一半時，我在鏡子前，把手覆蓋在右眼上。

可以清楚看見正面的我。左眼獨自閒來無事咕嚕嚕地轉動著。

凝神細看時沒有大礙。但失去光明並不只是「看」的問題而已，在「被看」上，我想一定也有諸多不便。細節我不清楚，但我還是胡思亂想起來。

十四年前，我介入了小姑姑的人生。

雖然不記得，但這件事非同小可。

我是不是得贖罪呢？

小姑姑未婚。不但沒結過婚，我也沒看過有親朋好友來訪。這間茶屋除了我以外，沒有他人的足跡。連客人也不上門，非常冷清。這樣不太好。

小姑姑離群索居，或許與失去右眼有關。我雖然沒和她聊過，但我是這麼想的。

或許，我就像是一根刺入小姑姑人生中的荊棘。

週末，我會去小姑姑的店裡幫忙。雖然離家有點遠，但我非去不可。

「不是快考試了嗎？」

小姑姑擔心道。但她的語氣淡淡的，搞不好只是隨口問問。

「我會在這裡唸書。」

我在櫃台上翻開書包，拿出文具與參考書。

「那就好。」

沒關係嗎？其實比起家裡，這裡的誘惑較少，似乎更能集中精神。

在我看店的時候，小姑姑會進到裡面的房間。每當我心想她在做什麼，上前偷看時，發現她幾乎都躺在沙發上看雜誌。姑姑很喜歡這張胭脂色的沙發。

她還會直接在沙發上午睡。小姑姑睡著時的呼吸聲細長而平穩。但我不太能辨別她是不是真的睡著了，因此有時她會對我惡作劇……這點就不提了。

小姑姑的步調很緩慢。與平日都在工作、假日也狂加班的爸爸大相逕庭。

看來人生也有各式各樣的過法。

我想這也是學習的一部分。我將筆記本隨意攤開來唸書。

不過今天倒很稀奇，有客人來訪。

一名穿著和服的小女孩，來到店裡……我想應該是小學生。她似乎穿得很習慣了，走起路來駕輕就熟，藍色和服上印有漂亮的花紋。她幫腳踏車上鎖，發出喀啦喀啦的聲音。我驚覺在客人面前唸書不太好，趕緊將筆記本和文具全都收起來。

「哈囉，哎呀，妳有小孩？」

小女孩輕快地打著招呼，盯著我歪頭。小孩……我嗎？小姑姑的？

從年齡差來看，倒也不是不可能。

「不是啦，那是我哥的女兒。」

小姑姑出來了。「來拿預訂的東西嗎？」她穿著拖鞋，向小女孩確認。

「我爸派我來幫忙。他說反正妳那麼閒，不如幫我跑一趟。」

小女孩像大人一樣聳肩抱怨，小姑姑隨意應了聲「辛苦妳了」，從店裡搬出一個瓦楞紙箱。箱子的尺寸讓小女孩來搬有點大。

「幫我跟妳爸打聲招呼。嗯……妳爸是哪一位？是又三郎還是鄉四郎？」

「是鄉四郎。」

「對，鄉四郎。」

小女孩從小姑姑手中接過貨物，塞進停在店門口的腳踏車籃子裡，輕快地騎走了。費用可能已經事先支付了，所以沒有當場結算，輪不到我與櫃台出場。

穿那樣還能騎腳踏車啊。和服感覺很容易卡進車輪裡，可見她技術多好。

「聽說是家裡要求，所以才穿和服。」

小姑姑對我說。

「哇，穿那麼正式幫家裡跑腿啊，還是小學生就那麼辛苦。」

「不，她是高中生了。」

「咦？」

「而且讀高三。」

「比我大！」

「不過她的確在幫家裡跑腿。」

「真了不起。」

失去了冷靜，我的反應變得有些奇怪。

我將文具放回櫃台上，手摸顴骨。

「小孩啊……」

「我覺得不像啦。」

當女兒太勉強了，小姑姑輕笑著說。的確，我和小姑姑長得不像。

光看落在視線裡的瀏海，髮質就很不同。

我的髮色有些偏紫，完全遺傳自媽媽的體質。

不過，有些地方我不想乖乖承認。

「是嗎？」

我撥弄著掛在耳後的頭髮咕噥道。小姑姑驚訝地睜圓了左眼。

「像我有比較好嗎？」

不曉得。我慢半拍才開始思考起自己的發言。和小姑姑像……像的話，似乎可以多接近她一點。其實我也不曉得這樣解釋對不對，或者問題是否出在這裡，只知道要把這個想法直接告訴小姑姑，令我難以啟齒。

所以，我隨便找了個理由搪塞。

「呃……因為小姑姑長得很漂亮。」

這樣說沒關係吧？我急得像熱鍋上的螞蟻，手心和背都好癢。但我還是故作鎮定，眼神緊盯著小姑姑。

「我嗎？」

小姑姑的左眼像義眼一樣動也不動，平靜地向下注視著我。

「我看起來漂亮嗎？」

「……嗯，對我來說很漂亮。」

最後，我的聲音就像被碾碎了一樣細。背部爬滿雞皮疙瘩。

「喔……」

小姑姑的反應太短，我無法判斷。

「聽妳這麼說，其實滿開心的。」

小姑姑面無表情，實在看不出她在高興。對於我的焦慮，反應也很平淡，好像一點也不在意，教人難以解讀。突然，小姑姑停下手邊的動作，站著望向前方的遠處出神。

我朝著她視線的方向追去，只有擺滿茶罐的商品架，我困惑地歪著頭。

「怎麼了嗎？」

「漂亮嗎？這樣啊……」

小姑姑喃喃自語起來，消失到裡面的房間去了。離開時，我瞄到她笑著聳起了肩膀。

雖然我根本沒讀進去，看了也沒意義，但我還是瞪了參考書好一會兒。我確認時鐘，躡手躡腳地往裡面的房間走去。洗臉台的方向有人，我偷看過去，小姑姑站在鏡子前，臉上笑瞇瞇的。她將手指抵在下巴上，可以感覺到她心情很好。

「…………」

在被發現前，我偷偷摸摸地回到店面。托著臉蛋，閉上雙眼。

小姑姑真的很漂亮。

而且還很可愛，我心想，一種害臊的感覺沸騰起來。

明明沒戴圍巾，低著頭，嘴唇卻很溫熱。

人與人之間暖洋洋的氣氛，好舒服。

「來。」

過了一會兒，小姑姑趁我讀書休息時泡了茶給我。她看起來神色如常，一點也沒流露出在鏡子前偷笑的模樣。小姑姑真厲害，我在心底暗暗佩服。

「謝謝。」

我接過茶杯，跟之前的是同一個，不過裝的是綠茶。

這裡好歹也是店面，我這樣堂堂占據櫃台真的沒關係嗎？從我在這裡工作開始，就幾乎沒有打過收據。收銀台或許早已積上一層薄薄的灰塵了。

「那，讀書加油。」

我拉住要轉身離開走廊的小姑姑，不自覺地「啊」了一聲。

「怎麼啦？」

小姑姑停下腳步，用手撥開隨動作垂散、礙事的長髮。

小姑姑一直以來都是留長髮，好難想像她短髮的模樣。

「啊，沒事……」

我眼神閃爍。的確沒什麼要緊事。

我只是覺得，每次喝茶，就是我們兩人一起在裡面的房間休息的時光。雖然沒什麼聊天，要說很開心好像也不太對，但我發現，我就是為了這段時光才到這裡來的。

所以，我反射性地叫住了小姑姑。

但我本來就沒什麼事。這下該怎麼辦？

「呃，我想想……」

「妳現在才要想呀？」

小姑姑輕輕笑著，搖了搖我的肩膀。我盯著她的動作與手指，將想到的話說出口。

「小姑姑皮膚真好，看起來很年輕。」

「妳從剛剛開始是怎麼啦？」

小姑姑雖然嘴上這麼說，但內心或許有些雀躍？

仔細一想，對性情淡泊的小姑姑而言，她的反應何止是愉快，連笑意都藏不住了。

「親戚都說，那是因為我的心還沒長大。」

她鬆開我拉住她的手，在簷廊上坐下。暖氣傳不到簷廊，冰涼的空氣滲透過來，溫差使她的肌膚發出微微哆嗦。我這才發現，不時從房屋空隙吹進的風，原來出自這裡。老房子年久失修，很難面面俱到。小姑姑是這麼說的。

「也就是說我的身心都還很幼稚。」

「哪會啊？」

「是真的。」

小姑姑爽快地承認。我張大了嘴，看起來一定很蠢。

「畢竟人對周遭事物的觀察，總是特別入微。」

「嗯……」

看我一副不能接受的樣子，小姑姑又補充道。

「沒長大不是指態度，態度是可以裝出來的，連小孩都能裝大人了。真正能認清一個人的，是價值觀。」

「……沒長大的價值觀？」

「我覺得是這樣啦。」

「是指什麼啊？」

「祕密。」

小姑姑避開重點，撩起放在一旁的參考書，看起隨意翻開的頁面，呢喃道「好懷念」。

「感覺就像從地底挖出時空膠囊一樣。」

太誇張了吧？我心想，覺得好笑。國中也不過是……嗯……對小姑姑而言，已經是二十幾年前的事了。那我豈不是還沒出生嗎？想像自己出生前的世界，就像透過鑰匙孔，在漆黑的彼端尋找東西一樣，好困難。

「小姑姑以前是怎樣的學生？」

「書呆子。」

「啊？」

聽起來就像在騙人。

「還有，常想著要去旅行。」

「這樣啊。」

所以小姑姑從以前就很怪，和現在一樣怪。

我愣愣地笑了一會兒，突然撞見小姑姑的右眼，背部浮出冷汗。

小姑姑看到頁面邊緣時，頭會往右大大地傾斜，這尋常的動作，對我而言卻猶如爪子勾在心上。這份疼痛總是提醒著我，眼前的小姑姑與其他親戚有多麼不同。

小姑姑對我的各種意義與價值，是我躲也躲不掉的。

「小姑姑。」

她「嗯？」了一聲，放下參考書看著我。被她凝視的部位如石化般僵硬。

我的喉嚨與肩膀不聽使喚。

但聲音還是拖拖拉拉地爬著，越過了喉嚨。

「關於妳的右眼……」

我渾身發熱，彷彿要將浮出的汗水一口氣蒸散。

背部如烈火紋身般滾燙、刺癢，令人如坐針氈。

在這樣的情況下，我真的可以問這件事嗎？

不然我又該在什麼時候、什麼情境下問呢？

我隱隱約約知道這題沒有答案。

我低著頭，又冒出這句話，小姑姑應該也知道我想問什麼了。

「嗯……」

小姑姑將瀏海往上撩，難得地看起來很傷腦筋。回應的語氣中帶著些稚氣。

她將闔起來的參考書放在櫃台上。

「怎麼？妳知道了？」

我就像惹學校老師發飆一樣，害怕地縮成一團。

「我聽爸爸說的。」

「他不該告訴妳的。」

小姑姑看起來更頭痛了，她嘆了口氣，彷彿接了個燙手山芋。

「既然妳知道了，那也沒辦法。怎麼了嗎？」

小姑姑看起來並沒有生氣，與平常一樣淡淡的。不論是語氣或表情，一切都是。

甚至讓我覺得，她是不是喉嚨沙啞了。

「妳記得當時的情況嗎？」

「當然記得呀。當時我正在捏妳的臉，逗妳玩呢。」

像這樣。小姑姑說著，捏了我的臉頰。她的手指比想像中光滑。

過去的場景重現了。

但我的記憶，並沒有隨著情境的重疊而甦醒。

我盯著小姑姑伸長的手臂，與映入眼角的纖白手指。

「我不記得了。」

告訴小姑姑這件事，讓我第一次有了與她面對面的感覺。

「那當然啊。」

不過小姑姑似乎並不在意，只是一個勁兒捏我的臉蛋。

有時她的大拇指指甲會刺到我，可能是留太長了。

「不過當時的事情，我倒不特別懷念。和這本教科書不一樣。」

真奇妙。小姑姑說著，閉上雙眼，似乎正細細咀嚼她的感受。雖然這不是教科書，但在這種狀況下我也不可能反駁她。每次一有空隙，她的眼神與心就會飄走。

但既然都到這一步了，乾脆再往前踏一步。

我吸氣。空氣中蔓延的茶香，稍微舒緩了我的緊張。

「妳恨我嗎？」

小姑姑闔上嘴。過了一會兒把手從我臉上鬆開。

她用手指在右眼上敲了兩下，像敲門一樣動作輕快。

「如果我說恨妳，妳會怎麼樣？」

我頓了頓，誇下海口。

「我會贖罪。」

小姑姑瞇起雙眼，彷彿在瞪著我，令我想轉身逃跑。

她的眼神，就像看透了我其實沒有太大的罪惡感。

「怎麼贖？」

「那個……我什麼都做……」

我知道自己的聲音沒什麼自信，畢竟我說不出具體的方法。

「什麼都做？……那恨妳好像比較划算耶。」

小姑姑努力心平氣和地說道。

「妳就當作我一直很恨妳吧。」

她喝起茶，若無其事地宣佈。而且是喝我的茶。

「哎呀，熏到右眼了！」

小姑姑刻意挖苦我，她的語氣像在逗我笑。我該笑嗎？我猶豫著，但說到底我畢竟是加害人，實在笑不出來。就在我雙手緊握、不知道該怎麼辦時，小姑姑突然義正詞嚴地否認「怎麼可能會熏到嘛。」嗯？嗯？嗯？嗯？我還反應不過來，小姑姑便半瞇著眼盯著我。變化之快令我暈頭轉向，彷彿被塞入了洗衣機裡。

「妳啊。」

「是。」

「……頭髮很漂亮。」

她用手指，將我垂落在耳邊的頭髮梳到耳後，像在翻動樂譜一樣。窸窸窣窣，小姑姑的兩根手指，如蟲的觸角般移動。

「謝……謝謝？」

「嗯。」

簌簌簌，她又喝起了我的茶。

什麼意思？為什麼要在這時候說我頭髮很漂亮？我跟不上小姑姑的思緒，滿頭霧水。

「頭髮漂亮很重要嗎？」

像失明的右眼一樣重要？

「當然。」

小姑姑毫不猶豫地肯定，聽起來一點也不像在開玩笑。

這就是小姑姑說的，「沒長大的價值觀」嗎？

我只覺得小姑姑怪怪的。

「很重要喔。」

「是喔……」

她再次強調，我也只能安靜地低下頭。

那一天打工結束後，我走到門外，雖然有些猶豫，但還是道了歉。

「對不起，都是我突然亂說話。」

我微低著頭，小姑姑再度傷腦筋地搔搔頭。

「與其說亂說話……」

「啊，亂說話這個講法太沒禮貌了，這件事情明明很重要。」

「我不是這個意思……別放在心上。」

小姑姑按住快被風颳亂的頭髮，嘆了口氣。

「算了。」

「嗯？」

「會發生這些事，一定都是有意義的。」

小姑姑說著，似乎領悟了什麼。她看向車道。駛來的車輛往醫院的停車場開去，醫院的立體停車場牆壁上，有個縱向的大裂縫，裡頭爬出了植物的藤蔓。

不曉得是故意設計的，還是藤蔓自己長出來的。

受到季節的影響，藤蔓的末梢已經枯黃了。

堵住裂縫的枝葉被風吹起，像手揮舞般上下飄動。

之前有鑽出牆縫那麼多嗎？對植物而言，長高或許只需要一會兒功夫，卻會令人深感光陰的流逝。我牽著腳踏車，用力深呼吸，向小姑姑一瞥。

我好像一不小心，在今天跨出去了。

沒有助跑，沒有熱身，悄悄起跑。

既然跑都跑了，與其停下，不如跑到最後吧。

「店休日是星期三嗎？」

我抬頭望著茶屋的屋頂確認。

「嗯。」

「那，那個……等學校考試結束後……」
小姑姑「嗯？」了一聲，偏著頭，似乎沒料到我會說什麼。
那是當然的。
我在心裡複誦剛才小姑姑所說的話，下定決心。
拍了一下腳踏車的握把，將臉抬高。
「要不要一起出去玩？」

老實說，我本來還很擔心能否集中精神考試，結果倒還好。
即便腦袋想著其他事情，手依然能作答。目前為止的高中課程，靠背的就能解決絕大多數的問題。
乾著急的心情，已經在昨晚的被窩裡消化完了。現在的我可以平心靜氣地想像以後的事情。我看著教室的景色，在眼皮內側卻瞧見了其他的風景。
從禮拜一開始一連三天的考試，在這天告一段落，我放下了心中的大石頭，教室內的氣氛也閒散起來。接下來直到寒假，都沒有讓人心情鬱悶的活動了。

完成簡單的打掃後，同學們在中午前解散。大家各自行動，有人討論要去哪裡玩，有人因臨時抱佛腳熬夜讀書、筋疲力竭，趕著離開教室回家，我也是其中一人。

我走出教室，沒有人陪我，脫離了瞌睡蟲大軍，我的心漸漸雀躍起來。我決定不先回家一趟，直接趕往會合的車站。從學校到我家很近，所以我沒騎腳踏車。一直到出校門為止，我都是用普通的速度走著，但走到一半，就變成了快走。

沒放什麼東西的書包，誇張地上下擺動。

將我的心情展露無疑。

與大都市相比，這裡的車站旅客明顯少得多，加上是平日中午，便更加冷清了。我曾聽爸媽其中一人說過，車站周遭與過去相比，人潮減少了許多。

我經過平交道、黃金雕像與施工中的看板，穿越計程車招呼站，靠近約定的地點，看見小姑姑已經站在那裡。她發現了我，將背挪開原本靠著的柵欄，挺直了身子走了過來，那模樣美得像幅畫。小姑姑微微抬起手。

「嗨。」

「小姑姑好。」

我有點猶豫要站在小姑姑的哪邊，右邊還是左邊？

最後我選了左邊。我想站在這邊，她會比較方便和我說話。

「啊，小姑姑有化妝。」

我盯著小姑姑的側臉說道。總是乾燥龜裂的嘴唇，有了光澤與血色，所以一看就知道了。

「外出的時候我當然會化妝，還會猶豫該穿什麼衣服。」

她邊抓著靛藍色毛衣腹部的部分邊說道。長長的圍巾將脖子保護得密不透風。中午太陽正大，加上今天比較溫暖，小姑姑的穿著看起來便有些誇張。

「畢竟小姑姑怕冷，跟爸爸一樣。」

「我們家的體質好像都這樣。」

小姑姑邊調整圍巾的位置邊說道。照理說我也遺傳了相同的體質，但我並不特別怕冷。

或許我繼承了更多母親的外在特質。

我與小姑姑並肩走著，邊走邊想要去哪。

「好久沒和人一起散步了。」

「這幾年都沒有嗎？」

的確，小姑姑在親戚聚會時也是獨處居多。我常看見她從親戚中偷溜出來，躲在遠處休息。而我也一直看著這樣的小姑姑。

「雖然這樣問可能有點失禮，不過小姑姑是不是朋友不多？」

「幾乎沒有朋友。尤其能一起散步的人更少。」

只有一人。小姑姑舉起食指示意，接著，像立在桌上的鉛筆似地倒下，指向我。

「我？」

「除了妳以外，沒人像妳那麼有好奇心，會跑來約我。」

「這樣啊。」

「是啊，畢竟我嫌麻煩，就算有妳以外的邀約，我也會推掉。」

小姑姑的補充說明，令我滿臉通紅，都想用圍巾把臉遮住了。我的腦袋一片亂哄哄的，她後來說的「現在……」有一半我都沒聽見。

「倒是妳，除了邀我，還有邀其他朋友出去玩嗎？」

「耶？」

我心裡正七上八下，因此怪叫了一聲。

「耶？」

「啊、耶、耶誕節快到了，好冷喔。」

「對呀。」

小姑姑輕聲咳嗽。

「耶誕節好冷耶，耶～」

「咦？」

「妳沒有朋友嗎？」

小姑姑面不改色地又問我一次。前面那句話是……我決定裝作沒聽見。

「有呀，有朋友。可是，呃……」

比起朋友，我更想和小姑姑在一起呀。

這我不能說。話語堵住了鼻腔深處，像鼻塞一樣。

「男朋友呢？」

「沒有沒有，我沒有男朋友。」

我把手大大敞開，左右狂搖否定。我知道這樣有點誇張，但手自己動了起來。

「嗯。」

小姑姑的反應很短，這對我來說最傷腦筋，因為我會很在意她在想什麼。但若深入追問，又怕小姑姑會覺得我很煩。

「考試考得如何？」

「應該沒問題。」

「這樣最好。」

小姑姑看著我，眼神比以往多了點笑意。

我對小姑姑的眼神與周遭變化，總是特別敏感。

「為什麼？」

「要是我對哥說，我和你女兒約會，不曉得他會露出什麼表情。」

「約——」

聲音分岔了。我咳了好幾聲，把聲音調整回來。

「約會啊，對啊，會怎麼樣呢？」

聽著小姑姑的玩笑，我裝作若無其事，但從眼睛乾澀的程度來看，我知道自己忘了眨眼。我將快抽筋的嘴用握緊的拳頭擋住，發出嗯～嗯～這些沒意義的聲音。

「哥應該會很擔心吧？嗯。」

就在我心慌意亂時，小姑姑自己下了結論。擔心？擔心什麼？

「不會吧，呃，會有什麼問題嗎？」

和小姑姑出門……不，應該沒什麼問題呀？

也沒有奇怪的地方會讓爸爸擔心才是……啊，不過，怎麼說呢？我的確把小姑姑看得比較特別，這就社會觀感而言……會是問題嗎？

「畢竟發生過很多事。」

小姑姑瞇起雙眼，含糊其詞地結束了說明。不過這可以稱作結束嗎？

「總之天氣那麼冷，不如去吃飯吧。」

小姑姑捏了捏紅通通的耳朵。大概是被冷風吹紅的吧？看到小姑姑的這個動作，讓我有些焦急。

「小姑姑等很久了嗎？」

「等了一會兒。我喜歡等人，所以妳別在意。」

小姑姑面向正前方說道。她的語氣與態度，對我沒有絲毫的責備。看來小姑姑是真心這麼說的。她喜歡等人啊，小姑姑果然與眾不同。

這些特質或許也是優點。

接著，小姑姑與我走進了車站裡的餐廳。看門口擺放的小黑板，賣的應該是披薩和義大利麵。走進店裡，首先聞到的是木頭香。味道有點潮溼，像被雨淋過。狹小的空間搭配木頭紋路，彷彿來到一間用樹幹鑿成的木屋。

暖氣不夠熱，我的肌膚還在發抖，留有些微寒氣。

「我最後一次來這裡，是在……實在是過太久了，懶得算。」

小姑姑望著如枝幹般的棕色牆壁呢喃道。

當時是和誰一起來的呢？我有些在意。

店員為我們帶位，來到靠裡面的座位。我與小姑姑面對面，在木椅上坐下。她拿下圍巾，脫掉外套，折起來疊放在膝蓋上。

「嗯？」

「怎麼了嗎？」

小姑姑盯著我，尤其凝視著胸口。我不斷眨眼，心想到底發生了什麼事。

「每次見到妳都是在假日，很少看妳穿制服。」

「喔。」

是這麼回事啊，我心想，低頭看向胸口。與小姑姑相比，只能算小丘陵。以形狀來看。

「不太適合妳。」

「……是，是嗎？」

小姑姑一針見血的評論，令我不知所措。不管怎樣，說適合總會讓人比較開心。

「應該是配色的問題，穿便服時看起來比較可愛。」

先是批評，然後又是……讚美？如果是誇我可愛，那我就可以開開心心地接受了。不過，語言真奇妙。若是其他人對我這麼說，我一定覺得關他屁事。

「小姑姑是在稱讚我嗎？」

「我只是把感想照實說出來而已。要怎麼解讀隨妳，責任不在我。」

小姑姑說著，拿起菜單瞄了一眼，將菜單橫放在桌上，讓我也看得見。菜單旁印有菜餚的圖片，我們用手指點來點去，討論哪一道菜比較好。討論到一半時，我突然想到，和小姑姑一起點餐，這在幾年前根本無法想像。狀況的變化，讓我的腦袋一下子恍恍惚惚的。

我正在朝自己渴望的方向前進嗎？

結果，我們決定各點一份披薩和義大利麵，分著吃。

「想讀大學嗎？」

點完餐後，小姑姑盯著我的制服領巾問我。

「我還沒有想那麼遠。」

「也是，妳才讀高一。」

「小姑姑呢？」

「讀了，過得很充實。」

小姑姑似乎想起什麼，露出笑容。尤其嘴角，漾滿了笑意。看來是很美好的回憶。

但接著，她又馬上像疼痛發作般皺起臉來，然後搔搔頭。

一會兒高興、一會兒懊惱，還真忙。充實是這個意思嗎？

「大學畢業後，小姑姑就回家了嗎？」

「我先當了一陣子上班族，不過做了一年左右就辭職了。」

這還是第一次聽到。我馬上聯想到辭職的原因。

「是因為……眼睛嗎？」

「那是受傷以前的事。」

「這樣啊……」

那就好，我鬆了一口氣。一想到假使我又拖垮了小姑姑更多……心就揪在一起。

不但我不會放過自己，小姑姑也會更痛苦，然後疏遠彼此。是否該讓傷害到此為止……別再接近小姑姑呢？

「那為什麼辭職呢？」

「一言難盡。」

小姑姑摸著耳垂，將對話打斷，岔開話題。

「話說回來，妳為什麼約我？雖然我都赴約了。」

小姑姑不但改變話題，還開門見山的問。

「為什麼啊……？」

我的聲音像空轉般卡在喉嚨。

一想到不能老實回答，腦袋就轉不過來。

「因為小姑姑……」

我很在意妳。我想，這包含了很多意義。要把這些錯綜複雜的思緒解開、表露出來，會讓我害羞到無法在她面前站穩，所以我刻意不解釋。這就是我這麼做的原因。

小姑姑猛地睜大雙眼，盯著支支吾吾的我。

我的眼睛下緣突然像火燒般滾燙，急忙找藉口搪塞。

「因為小姑姑一直很照顧我，我想向小姑姑道謝……道謝？」

「哦？道謝？是指請我吃飯嗎？」

原本身子靠在椅背上的小姑姑，突然湊近我面前。沒想到她會來這招，我苦笑。

「啊，那當然，包在我身上。」

我趁勢承認，小姑姑重新坐好，擺了擺手。

「跟妳開玩笑的，這頓飯我付錢。」

「不用啦，是我邀小姑姑的。」

小姑姑繼續揮手，表示不必。

「讓讀高中的姪女付錢，被人聽到可不好。」

小姑姑這麼說，讓我有些驚訝。

「小姑姑會在意這種事？」

「當然會啊。」

她輕佻的說話方式，簡直像是在證明她在說謊。

謊言與謊言的交鋒。

但這樣或許對彼此來說都好。

若小姑姑是考量到這點，那我真的很佩服她。小姑姑真不愧是大人。
同時，我也深感自己還是個小屁孩。
「但我說受小姑姑照顧是真的喔，謝謝妳總是對我這麼好。」
我微微低下頭，從頭頂瞥見了小姑姑的笑容。
「我才要謝謝妳常來幫我看店，讓我能在裡頭睡覺。」
「啊哈哈。」
這個理由很像小姑姑會說的話，我想這次她就沒有說謊了。
「現在坐在椅子上都睡不好，明明學生時代都可以呼呼大睡的。」
「呃……」
「老了。」
「哪裡老了……」
我目瞪口呆，不過能和在家裡喝茶時聊不同的話題，真的好開心。
等菜上桌的這段時間一點也不苦悶，上菜後，我們聊得更起勁了。
「好吃好吃。」
小姑姑啃著披薩，愉快地幫披薩評分。看見她率直的模樣，讓我覺得這頓飯吃起來更津津有味了。小姑姑真可愛，我心想，心跳噗通噗通地加快。

或許下次還可以再來。

我們合吃著披薩和義大利麵，吃得滿嘴都是。接著，小姑姑將最後一片披薩推給我。

「沒關係，妳吃吧。」

小姑姑看起來很喜歡，所以我想讓給她。但她直接把披薩盛進我的盤子裡。

「妳剛考完試，當作慶祝。」

「……那我就恭敬不如從命了。」

我用鄭重的心情接受這塊披薩。為小事慶祝倒也不壞。何況還是在意的人為自己慶祝，那就更開心了。我咬下披薩的尖端，小姑姑笑瞇瞇地看著我。

吃完後我們休息了一會兒。小姑姑拿著叉子，叉起盤子上剩下的起司。的確如她自己所說，她有許多稚氣的舉動。我還是多盯著小姑姑比較好。

而且我也想更了解我所不知道的小姑姑。

「不好意思，占用妳們年輕人寶貴的時間。」

小姑姑一反常態，用怯生生的語氣說道。

我急忙否認，表示沒有這回事。

「是我邀小姑姑的，是我想這麼做的……那個，是我要謝謝小姑姑肯赴約。」

小姑姑沒有拒絕，令我鬆了一口氣。她一度挪開視線，接著緩緩開口。

「妳約我，我很開心。」

聽小姑姑這麼說，讓我安心不少。

占用我的時間什麼的，小姑姑大可不必這麼想。

倒是我……

「有時候我會想……」

「想什麼？」

我在餐桌下將拳頭握緊，把想逃跑的心拉住、留在這裡。但拳頭的重量，似乎也奪走了舌頭的靈敏度。

我感覺連下顎都變得好僵硬。我努力發出聲音。

「我該用什麼來賠償妳的右眼？」

像叉上叉子一樣，直搗核心。

小姑姑的神色黯淡下來。她微微嘆了口氣，像在責備我問這什麼蠢問題。

「什麼都不必。」

小姑姑立刻否定。不是無欲無求的那種，而是她真的不介意。

「失去的東西是不會回來的，也無法彌補。」

這句話聽起來無比沉重。

或許這就是小姑姑的信念。我把背脊挺直，認真聽著。

「如果桃樹歉收，就把蘋果吊上去，妳覺得這樣有意義嗎？」

「呃、唔……」

「我的右眼的確是失明了，但我並不覺得這全是壞事。」

小姑姑將垂在右眼前的瀏海撥開。以假亂真的義眼凝視著我。

「所有的事物和行為都有意義。這裡的每一樣物品，發生的每一件事，它們所帶來的連結、影響，都會導向某個『果』……即便那不是我們想要的。」

小姑姑的聲音迸裂出苦澀，彷彿優美的音樂混入唐突的雜音。但僅僅一瞬便消失了，小姑姑馬上又恢復了平靜的面容。

「舉個簡單的例子，如果我的右眼沒有失明，我和妳就不會坐在這裡。而且義大利麵和披薩都很好吃。真要比起來，我比較喜歡吃披薩，算了，這不重要，總之一起吃美食，吃得飽飽的，這對我來說是很幸福的事情。」

小姑姑連珠砲似地說完譬喻，拿起盤中殘留的起司送入口中。

「所以對於以前的事情，妳大可不必胡思亂想。」

小姑姑在嘴中嚼著起司吞了下去，將叉子的尖端對著我。如果她要直接刺瞎我的眼睛，我想我也只能乖乖承受。

當然，疼我的小姑姑不會這麼做。

「如果妳是因為歉疚才幫我看店，那妳不必再來了。」

她收回叉子，做出結論。這樣我會很困擾，非常困擾。我急忙否認。

「不不，打工和歉疚無關……真的、真的沒有關係。」

我這麼說半是謊言、半是實話。我到小姑姑家打工，純粹只是想和小姑姑聊天而已。

現在的我實在無法想像會失去它。

「真的嗎？」

小姑姑高舉雙手誇張地向後仰，看起來嚇了很大一跳。當她挺起胸膛，我竟然不自覺盯著她豐滿的胸前，使我心底更加慚愧。

「為什麼小姑姑看起來很傷腦筋的樣子？」

「嗯，因為我沒想到妳會這麼說。」

「不然要怎麼說？」

「我還以為妳會說對不起，然後垂頭喪氣地奪門而出……之類的。」

小姑姑的左手像在扮演水母一樣，在空中輕飄飄地飛舞。

我可沒有那麼逆來順受。小姑姑望著牆面，思索了一會兒後說道。

「算了，船到橋頭自然直。」

她又擅自做出結論了，大概是覺得這件事也有意義吧。

我的肩膀垮了下來。這個動作或許包含了我對這件事沒在情感上帶來更多碰撞所感到的失落。

小姑姑似乎真的打從心底對我毫無芥蒂，她一點也不在意。

照理說我該覺得得救了，心裡卻悶悶不樂。

我希望小姑姑更注意我。

更重視我。

更在乎我。

我心中埋藏著這份渴望。
我咬著臉頰內側的肉，垂下頭。
或許我只是想藉著害小姑姑右眼失明的罪惡感，將她與我綁在一起。
用這像詛咒一樣的東西，緊緊糾纏。
不論是戀愛還是詛咒，想拴住對方的心情，竟是如此相似。

「今天我可以住在這裡嗎？」
隔週打工休息時，我有點緊張地問道。
約會，接著是留宿。我心想，手心滿是汗水。我想起以前幻想過的、從坡上滾落的石頭。
一旦開始滾，就再也停不住了。
小姑姑將喝到一半的茶放回原位，驚訝地蹙起眉頭。
「可以呀……但是住在這裡好玩嗎？」
「這、這我也不知道……」

我好像被問了個怪問題。好玩或不好玩，這在小姑姑的判斷中是很重要的事嗎？的確，小姑姑家什麼也沒有，或許會很無聊。

可是待在這裡才能陪小姑姑呀。

「想住就住吧……」

小姑姑淡淡地接受我的提案，彷彿平靜無波的海面。但她應該是表面神色與內心狀態差很多的人，所以要推測她真正的想法，實在很困難。

「妳有和爸媽說過要住在這裡嗎？」

「我也不曉得他們會不會答應……總之我現在問。」

「嗯。可是怎麼辦呢？這裡沒有多的床。」

小姑姑環視屋內，傷腦筋似地搔搔頭。小姑姑一說，我才「啊」了一聲。

「我沒想過會有人在這裡留宿。」

「呃……啊！我睡暖桌。」

「嗯……」

小姑姑從暖桌鑽出來，像海獺一樣橫臥在沙發上。她直直地盯著我，彷彿在警告我，這個地方休想我讓給妳。

小姑姑……真是個可愛的人。隨著愈來愈了解她，我對她的印象也一直在改變。唯一不變的，是小姑姑那彷彿伴隨著光、不斷吸引著我的心的特質。

「只剩最後一招了。」

「是什麼？」

小姑姑對我招招手。我心想怎麼了？從暖桌鑽出來，靠近她。

「哇！」

她從沙發伸出手來，如掠食般將我迅速拉過去。咚地一聲，我以側腹著地的姿勢倒臥到沙發裡。還不只這樣，小姑姑的臉，就近在我的眼睛和鼻子前。

髮梢垂落處的右眼，緊緊把我揪住。

手臂內側的肌膚疼得發抖。

「果然要兩個人一起睡，還是太擠了。」

「嗯、嗯……」

小姑姑的髮絲在我眼前搖曳。但我非但沒有小鹿亂撞，還很痛苦，一種心臟停止、破裂般的感覺蔓延開來。我無法呼吸，下唇直打哆嗦。

「既然那麼窄，就只能緊緊貼在一起了。」

「咦？啊、呃……是。」

小姑姑將我抱進懷裡。她在沙發上翻身，改變手臂擺放的地方來調整位置。我只能任小姑姑擺弄，耳邊響起唰唰唰，如草木任風颳動的聲響。

是血迅速奔流的聲音。

「嗯，這樣位子寬敞多了。」

小姑姑輕拍我的背，滿意地晃著頭。

我們的膝蓋彼此摩擦。

「這樣背不但能挺直，骨頭也有空間生長。」

「骨頭早就停止生長了吧……」

「人會隨著長大意識到自己老了，雖然這樣也不壞。」

小姑姑感慨地說道，接著聲音迅速變冷。

「但也不是什麼好事就是了。」

「也是。」

我們兩人啊哈哈地大笑起來。小姑姑將臉拉開一些距離，表情嚴肅地問我。

「真的要一起睡？」

小姑姑毫不客氣地問了我這個很難回答的問題。明明不講清楚，含糊曖昧地帶過去，最後睡在一起是最好的……我在心中哀怨著這不明所以的念頭，一邊嘀嘀咕咕地回答。耳朵熱得發燙。

「小姑姑不嫌麻煩的話。」

「好像很難睡。」

「嗚。」

小姑姑直截了當的措辭，有時會令我碰壁。她露出之前我見過的訝異神情。

「妳想跟我一起睡嗎？」

又是一記直球。每回答一次問題，我便發覺自己愈陷愈深。

直接回答想一起睡，就像洩漏了渴望一樣，還不如讓我死了算了。

所以我決定含糊其詞，將真正的心情隱藏起來。

「跟小姑姑一起睡……會很安心。很奇妙。」

一定是因為我現在是最靠近小姑姑的人。在意的人身旁若有自己以外的人，肯定會心神不寧。像這樣貼著彼此，即便有其他人，也瞧不見了。

我們緊緊相擁，將縫隙填滿，不曉得是我或小姑姑哪邊更挨近對方。

我的背拱了起來，臉貼在小姑姑胸前。

「…………………」

我感覺到體溫像火燒似地迅速竄升。

一想到我的臉埋在胸部裡，額頭就發燙。

「小姑姑真的恨我嗎？」

「當然。」

她輕快的回答，打入我心坎。

「那我就安心了。」

我嘆了口氣，肩膀也放鬆了。壓在體內的重擔也消失了。

我想這就是所謂的安祥吧。

「妳這小鬼還真是不按牌理出牌。」

「是嗎？」

「讓我來整整妳。」

「啊？小姑姑是認真的嗎？」

就在我打算說出饒了我吧的時候……

「咿嘻嘻嘻嘻。」

頭上突然傳來了這陣笑聲，我懷疑起自己的耳朵。

過了一會兒，才意識到這是小姑姑的笑聲，心靈大受打擊。

原來小姑姑真的會這樣笑……

「被整到了嗎？」

「……沒有。」

老實說，的確有一點。

「我在人前從不這麼笑。」

「所以我不是人嗎？」

「搞不好喔。」小姑姑肯定了我的疑問。不要肯定啦！

「我一直以為，以小姑姑的個性來說，不會太在意其他人。」

畢竟她的眼神、態度，都對周遭漠不關心。我相信任誰看小姑姑，都會感覺得到。

若只有我碰觸到小姑姑的真實性格，那我真的會高興得飛上天。

「我用我自己的方式在當大人。笑聲也是。」

小姑姑爬了起來。她越過我離開沙發。我望著她，她笑著說「妳打算現在就睡？」

我想我的臉上一定寫滿了依依不捨。

耳朵又不爭氣地發燙了。

小姑姑直接鑽進暖桌裡。我也跟在後頭，打算擠進小姑姑身邊。她抬頭看著不坐在對面、反而繞到她跟前的我，微微蹙眉，似乎察覺了我的意圖。

「這樣好嗎？」小姑姑咕噥道，一邊將棉被翻開。我不客氣地鑽進去。

並肩而坐，使暖桌下的空間變得非常狹窄。就像小姑姑說的，我也長大了。

小姑姑與我的腳緊緊貼著，手肘的骨頭也撞在一起。但我卻覺得這樣比較好。

「血緣……妳身上流的不是我的血啊，真是怪了……」

小姑姑似乎對什麼感到疑惑，喃喃自語。她將目光轉向我，像在看某樣可疑的東西。

「妳啊……」

「是……」

我心跳加快，心想小姑姑到底想對我說什麼。但小姑姑將原本要說出口的話吞了下去，靜默起來。

啵啵啵，我像金魚一樣張口吸氣，盯著前方。

小姑姑摸著我的頭。她的力道很輕、很溫柔，彷彿在欣賞我髮絲的觸感。

我乖乖地任小姑姑摸頭，覺得好安心。

小姑姑那省略過多的話語，我聽不懂，但並不討厭。

電視裡，一名頂著一頭波浪捲髮的女子，在車站前接受訪問。她身穿睡衣，披著一件大外套，打扮怪裡怪氣。看起來只有二十幾歲的她，開朗地回答「呵呵呵，人家已經超過四十歲囉」。怎麼可能！我不假思索地與記者同時大喊，瞪大眼睛。我以為小姑姑應該也嚇到了，轉頭看她，結果她把臉蛋撐在暖桌上，眼睛是閉著的。下巴斜斜地包覆在掌心裡，頭偶爾左右輕微晃動。

我將電視的音量切小，偷看小姑姑的睡臉。小姑姑的臉蛋，彷彿少女上了一層歲月的妝容，多了在教室時偶爾瞥見的同學睡臉上缺少的韻味，是女人味嗎？……還是嬌媚？

我將身體探出去，望著小姑姑的整張臉，她的右眼皮有好好闔上。我知道這是正常的，但心中的水位還是微微升高，令胸口悶悶的。我無法長時間直視小姑姑，於是縮回身子重新坐好。

小姑姑自己還不是很放鬆，那麼早就睡著了。我輕輕笑了。

我靜靜地聽著暖爐運作的聲響，漸漸有了睡意。

十分鐘後左右，小姑姑悠悠地將眼睛睜開，維持著原本的姿勢發呆。我偷看她，她還沒眨眼，嘴先動了起來。

「我好像作了一個年代久遠的夢。」

她像是自言自語，又像是在向我報告。小姑姑雖然睡不久，但似乎作了一場夢。

「夢見以前的事情嗎？」

「好像又不太一樣。」

小姑姑輕輕甩頭，想將睡意趕跑。

「得吃點甜的才行。」

為什麼？小姑姑站起身，顫巍巍地拱著背離開房間。應該是去廚房了。我心想，目送小姑姑離去，乖乖等她，小姑姑雙手拿著杯裝冰淇淋回來了。

她的嘴中叼著兩根短湯匙，坐在我隔壁，湯匙在嘴中上下擺動。

似乎在叫我拿湯匙。我取下湯匙，小姑姑輕輕舔了舔嘴唇。

「妳要哪一個？」

她像老鷹一樣抓起冰淇淋，舉到眼睛的高度，是薄荷與抹茶口味。

「小姑姑喜歡哪一個？」

我把問題拋回去。畢竟這是小姑姑家，我不敢太放肆。

小姑姑咧嘴，露出一個壞心眼的笑容。但她的眼睛不是看向我，而是另一個方向。

「薄荷巧克力。」

「那我吃抹茶。」

我吃哪邊都好，因為我最喜歡的其實是香草。

「嘿嘿嘿。」

小姑姑發出無法辨別是在笑還是嫌棄的聲音，將抹茶冰淇淋遞給我。她坐到我身旁後，依然笑個不停。

「嘿嘿嘿。」

她不曉得在高興什麼，沉浸在詭異的笑聲裡。她邊笑邊大口吃著冰淇淋。藍色的冰被削掉一大塊，在小姑姑口中融化。

「小姑姑……很開心嗎？」

我按捺不住疑問。畢竟我真的不知道嘛。
「不，這比較像在掩飾害羞。」
「哎？」
「想起以前的事情陷入感慨。大人常會這樣。」
是嗎？我無法同意。至少我認識的大人，都不會嘿嘿怪笑。
「該怎麼形容呢……夢中的現實？」
小姑姑放下湯匙，歪著頭，似乎在思考很複雜的事情。
我以眼神詢問這是什麼意思，小姑姑聳聳肩。
「我的夢。同樣的夢我好像夢見過很多次。」
「是喔。」
「我還以為不會再夢到了……有些懷念。」
「這樣啊……」
小姑姑不曉得為什麼看著我，對我一笑。怎麼了？就在我一頭霧水時，她又立刻將目光轉向電視，答案便不了了之。好過分，我在心裡抱怨，咬了口冰淇淋。
夢嗎？我很少作夢。不，應該說不記得夢的內容了。就我僅記的內容來看，我最後夢見的是口渴的夢。我在教室裡忍耐著口渴，完全沒有情緒起伏。
當然，醒來後，我是真的口渴了。
電視不知從何時開始，播起了某地的馬拉松賽事。看起來是女子馬拉松，一名女性跑在最前方，飛動著強健的雙腿，於路上疾馳。後面跟了好幾個人，但距離沒有拉近。一想到體育課的馬拉松，我就不曉得人為什麼要跑步。
「人為什麼要跑步呢？」
想法與聲音重疊，我驚訝地看向小姑姑。小姑姑正瞇著眼睛看電視。
「有意義嗎？我到現在都還不知道……以前，我有個好朋友很愛跑步……我跑很慢，老是追不上她。我會在腦中想像自己身手矯健，輕易追過她，但那畢竟只是幻想。不知不覺，我就放棄跑贏她，也不再看著她了。不曉得她現在去哪了。」
小姑姑滴溜溜地轉動著食指，笑著說。
「像現在，在我腦中，我已經跑贏電視裡的選手三次了。」
「小姑姑又在開玩笑了……」
她像在凝視遠方般地說著往事，這讓我感覺很不是滋味。小姑姑的話、小姑姑的意識，都沒有我介入的餘地。

現在的小姑姑心裡沒有我。

我對小姑姑的回憶吃醋。

就在我悶悶不樂的時候，剩下的冰淇淋開始在杯中融化。

這時，小姑姑轉動的手碰到了我。

「啊，對不起。」

她向我道歉，正要退開身體，這一瞬間我感到頭皮發麻。

醋罈子，打翻了。

我在暖桌中，把自己的手覆蓋在小姑姑的手背上。

噗通、噗通，我的手劇烈鼓動著。浮出的血管像要爆裂般膨脹。

小姑姑愣了一拍，看著我的臉。我沒辦法好好回視小姑姑。

比起窩在暖桌裡的腳，我的臉更燙。

小姑姑沒有把我的手挪開，但她靜靜地開了口。

「妳啊。」

我想回應，但喉嚨鎖住了，發不出聲音來。

像被勒住一樣。

小姑姑嘆了一口氣後，繼續將剛才欲言又止的話說出口。

「妳應該慎選喜歡的人。」

一針見血的忠告，令我腦袋爆炸。

「幾歡！幾、喜歡，哪有啊！」

聲音在口中東碰西撞，差點咬到舌頭，我真是丟臉丟到家了。

「妳表現得太明顯了吧。」

我的反應似乎令小姑姑目瞪口呆，她哈哈哈地笑了起來。我汗流浹背，衣服黏在身上，好不舒服。我怕姑姑嫌我噁心，我想起爸媽，最後注意到小姑姑的右眼，焦慮與惶恐前仆後繼地搥打著我的心臟。我雖然活著，但彷彿已經死了。

「妳喜歡女孩子嗎？」

小姑姑直截了當地問我。不、不不不，我連忙搖頭。

「沒有，那個……我覺得、不是這樣。」

因為是小姑姑，我才喜歡的。原因很複雜、很糾葛，最後變成這樣。

面對小姑姑時，比起罪惡感，好感不知不覺更占了大半。

就只是這樣而已。

「哎呀，雖然我早就不是可以稱做女孩子的年紀了。」

小姑姑豪邁地啊哈哈哈大笑起來，接著改成呵呵靦腆的笑，隨後一本正經地瞪著我。

「但我還是女孩子。」

她說了，接著嬌羞起來說「哇，真不好意思」。這是在演哪一齣？

「哎、哎哎、哎呀，先別管這個。」

我模仿把重物搬開的動作，邊做手臂還微微發抖。真是不忍卒睹。

「放著不管沒關係嗎？」

小姑姑一副不甘願的樣子。都說先別管了。

「假設、那個、如果，我喜歡小姑姑……會有什麼問題、嗎？」

我自告奮勇地提問，鐵著一張臉，心想應該沒有吧？

「問題可大了。」

「這……」

這也是。

「因為對象是我所以很有問題。」

「啊？」

小姑姑彷彿說了不該說的話，哎呀一聲，將嘴巴摀住。接著咳了幾聲。

「我是姑姑，妳是姪女。那怎麼行。」

她輪流指著自己和我的下巴。

「倒不如說，妳覺得哪裡沒有問題？」

都沒有問題啊。但此話一出就完了。所以胡謅也好，我一定得找出不是問題的地方。可是找得出來嗎？根本沒有怎麼找？算了，找不到也沒關係，隨便扯一個吧。

現在立刻扯一個。

「不、不會有小孩……可以很放心，之、之類的。」

我嘿嘿嘿地笑著打算矇混過關，其實根本快哭了。

這次換小姑姑忍不住噴笑了。她趴在桌子上，不斷拍著額頭。

額頭上留下了紅紅的痕跡，小姑姑動作遲鈍地抬起臉來。

「妳啊。」

「對不起！」

只能低頭謝罪了。雖然我也不曉得為什麼要道歉，但我好想逃離這個氣氛。

「啊、不……嗯……呃，也是啦。嗯。」

小姑姑用手撐著臉，一邊的臉頰膨了起來，嘴裡似乎鼓滿了氣。

「呃、那個，總之，妳還是……慎選喜歡的對象比較……好吧。」

最後她支支吾吾帶了過去。看來即便是大人，面對這種狀況，也很難理性、恰當地應對。讀國中時，我曾向大人頂嘴，否定他們。讀高中後，才知道大人原本就不是萬能的。而不成熟如我，也愈來愈像大人了。

「今天要住這裡對吧？」

在這個氣氛下？

「嗯……」

還是不要住了？我半是認真地考慮。

「睡覺的時候不准偷襲我哦。」

我嗆了一下。這應該是小姑姑式的玩笑話，但我覺得不好笑。

「好……我也不會偷看妳洗澡的。」

我說出口，羞紅了臉。小姑姑似乎也失去了一貫的從容不迫，無意義地晃動著身體。

這是什麼意思呢？

我對小姑姑的喜歡，往後只會被當成耳邊風嗎？

好想死。

好想亂踢手腳發脾氣，再用手蓋住臉打滾。不只如此，我還想大叫，哇啊啊啊我受夠啦地尖叫。但我在腹部用力把這些衝動都忍下來。

將羞恥心與其他情感囫圇吞棗地嚥下。

這需要很長的時間。

要讓小姑姑愛上我。而且是身為女生的我。很曲折、很迂迴。

但並非只有直線才是答案。

不論是筆直前進，還是歪七扭八地繞路，只要能抵達就好，不是嗎？

「對了，剛才我的忠告是認真的。」

小姑姑再次托腮，側眼看著我。

「有了喜歡的人、覺得輕飄飄的都無所謂，但要挑對象。還有，不要陷太深。」

她輕輕推了下靠在她身旁的我的手與肩膀，但並沒有把我推開。

「分不清現實，老是追著夢境跑，哪天就會掉進夢裡，再也出不來。」

小姑姑望著窗戶的方向說道，她的側臉看起來好單薄。

「呃……那是……？」

「意思是搞不好真的有這樣的人。但認真說起來，夢境與現實或許也沒差多少，只要有一部分是真實的，選哪邊都……」

「喔……」

小姑姑似乎想勸我，但最後的結論卻模糊曖昧起來。

那捉不到輪廓的譬喻，彷彿被厚厚的雲層包住，有種不可思議的感觸。讓我覺得小姑姑是否親身經歷過。

因此，我了解小姑姑的忠告，也知道自己一步錯、步步錯。

可是……

「……喜歡的人，是可以選擇的嗎？」

我將突然浮現的想法，拋向小姑姑。

小姑姑深吸了一口氣，回答道。

「一般來說，是不能選的。」

她洩氣似地笑了。

她的回答與笑聲，都像沉入水底般深深迴盪著。

這是一個沒有下雪、溫暖的耶誕夜。即使不開暖氣，待在室內也不至於凍僵。或許不下雪的耶誕節並不浪漫，但我覺得天氣不要太冷比較舒服。更何況，我根本沒遇過耶誕節下雪。

這一週，鎮上隨處可見紅白兩色的裝飾。即使閉上眼睛，腦中都還能浮現殘影。燦爛熱鬧的燈飾，留下了鮮明的印象。就連在車站前與學校附近，都能看見裝飾華麗的冷杉，但一到明天，應該就會變回原本樸素的模樣了。

夏天會施放煙火。冬天則是將人們高昂的情緒，施放到整座城鎮上。

繁華絢爛的夜晚，我獨自一人待在自家房間裡，撐著臉蛋靜靜坐著。

越過窗簾與窗外的夜景，思念小姑姑。

其實前幾天，我問了小姑姑耶誕節的行程。小姑姑嘆了一口氣，只對我說：

「妳再仔細想清楚吧。」

「好……那，再見……」

「嗯。」

「那小姑姑會和其他人一起過嗎……？」

我將心裡的擔憂說出口，小姑姑傷腦筋似地搔搔臉頰。

「……也不曉得叫妳放心對不對。總之我一個人，跟平日一樣過。」

「這樣啊……」

我鬆了一口氣。光是這樣，連想都不用想，我就得到了許多答案。

「啊，可能會買蛋糕來吃。」

「請好好享用……」

「妳看是要慶祝還是消沉，選一個吧。」

小姑姑的形容雖然怪，但很有趣，所以我試著在耶誕夜消沉了一下。

讓自己沉澱下來。

我已經不記得是怎麼做的了。

我按照小姑姑所說的去思考，當然，想的全是小姑姑。

一切的起點，都源自於我不記得的罪。

知道我與小姑姑發生的事後，變得怎麼樣了呢？

讀國中時，爸爸告訴我小姑姑眼睛的事。他大概是覺得，這件事還是讓我知道比較好。自那之後，我與小姑姑便成了生命共同體。

望著小姑姑時所感覺到的，會直接傳到我心中，不必透過轉接。

不論疼痛、困惑、還是高興。

我好慶幸我知道了。

以上是第一點。

那麼，關於滿腦子都是小姑姑這點呢？

小姑姑似乎覺得我這樣不對。

但這是我第一次那麼認真地在意一個人。

在小姑姑身上，我體驗到、學到、知道了好多第一次。

有時我的心會如履薄冰，有時像是心的水面被暴風掃過，產生無數的變化。隨著小姑姑，我的好多地方都改變了。我變得愈來愈像我渴望的自己。

回憶起來，我並不後悔。

我發現小姑姑似乎不排斥有女生喜歡她。回顧她至今為止的反應，我也沒有感受到她先入為主的厭惡感。記得不知何時在哪裡看過，人會喜歡與自己相似的事物。我與小姑姑，或許在嗜好、根本上是相像的。也就是說我們都喜歡女生。

無論如何，還是好事居多。對應該抱有罪惡感的人，擁有那麼多正向的念頭，這是好事。雖然可能是我一廂情願，但對我而言，絕絕對對是好事。

與未知相遇，人生才會向前邁進。

這就是線索。對於感受自己活著的，重大、確切的線索。

所以，現在我內心的這份情感，並沒有錯。

「……………………」

有件事情，我一直好想告訴妳。

那是一種和愛相似的情感，但更自私，且違背倫常。

所以，我不能說出口。

如果我傳達了心聲，會再次傷害到小姑姑嗎？

不論多麼為對方著想，思考的基準畢竟是自己。

如果是我，會這麼做、這麼想……自己與他人的界線，愈來愈模糊。

即使如此，我還是要反覆詢問。

深深的問自己。

過年對我而言其實沒什麼感覺。可能是因為我是學生，總覺得一年的開始始於開學的四月。我的一年在三月結束。因此，總是不習慣過年。

但我也不是不高興。畢竟有壓歲錢領，而且自從那年之後，我就有了另一個開心的祕密，那就是小姑姑會來我家。今年我格外緊張。

正月時，家族裡的長輩都會在我家團聚。外送壽司占領了餐桌。在這張爸媽準備的長長餐桌的另一頭，是小姑姑。她今天也好漂亮，有認真化妝。

被大人環伺的小姑姑，看起來非常不自在。她也沒喝酒，只是一直低著頭。可能是我自作多情，但我覺得小姑姑和我獨處時快樂多了。我們差點四目相接，我趕緊把臉壓低。

在那之後，我就沒再和小姑姑聊過比較深入的話題。

我們就像在彼此的脖子綁上繩子似的，勒得緊緊的，卻假裝沒看見。

在酒席上，爸爸對小姑姑說了些話。他們兩人同時看向我，我的心縮了一下。我將眼神瞥開，心裡卻很在意他們說了什麼。小姑姑會不會告訴爸爸「你女兒向我告白」

呢？完蛋了，我嘆了口氣。

向長輩們打完招呼後，我決定回到房間。雖然小姑姑在這，但在身邊卻不能說話，更讓我鬱悶。我回到房間，倒臥在床上。

雖然我也沒做什麼事，但光是和平常沒有往來的親戚打招呼，就筋疲力竭了。我閉上眼，就先聽見自己睡覺的呼吸聲。把肚子吃得飽飽的，再睡個午覺，過年其實也挺好的。可是睡醒後，小姑姑就不在家了。我覺得有些可惜，卻又抵擋不了睡意。

就在我半夢半醒之時。

有人敲了房門。我的嘴巴壓在枕頭上，眼睛微微睜開。是誰啊？既然會敲門，肯定不是爸媽。我擦擦嘴，把臉抬起來，門打開了。

「嗨。」

小姑姑像赴約時一樣輕輕抬起手，進到房內。

我看見小姑姑，立刻跳起來端坐在床上。

「啊，小、小姑姑好。」

我畢恭畢敬地低下頭。

「我很怕那樣的場合，所以就逃跑了。」

「快逃快逃。」

我比手畫腳地勸小姑姑快跑，千萬別客氣。小姑姑露出苦笑。

我拿了兩人份的座墊到地板上。其中一個給小姑姑，然後面對面坐好。

……但這樣就得從正面看小姑姑了，我不禁心想，面對面坐好是不是一個失敗的決定。

小姑姑環顧房間，接著，身體輕輕一震。

「會冷嗎？」

我正打算將手伸向空調的遙控器，小姑姑用手制止我，表示不必。

「之前來看的時候，記得這裡有個置物櫃。我只是覺得擺設變了。」

「那是幾年前的事情呀……」

這個房間自從我升上國小後就一直使用到現在，擺設不變才奇怪吧。

不變的，大概只有從窗戶注入的陽光。

今天是陰天，過年遇到陰天最掃興了，天氣預報還說晚上會下雪。

「…………」

我與小姑姑坐在一起。但這個房間裡沒有電視，也沒有暖桌。

面對面也不曉得該做什麼，但我卻不想離開。一點也不想。

「小姑姑是不是不喝酒？」

我將觀察到的事情向小姑姑報告，但被小姑姑否定了。「我喝啊。」

「不過，酒就是要在開心的時候喝。」

「是這樣嗎？」

「所以我現在要喝。」

小姑姑說著，拿出好幾罐藏在衣服裡的啤酒。

啊？一開始我的反應還很遲鈍。

等過了一會兒，整理好小姑姑說的話後，我才會意過來。

她是要說，和我在一起很開心？

我拍著膝蓋，啪啪啪地拍著。小姑姑用狐疑的神情盯著我，但我管不住我的手。

小姑姑將罐裝啤酒的拉環拉開，抵在唇邊。她似乎感覺到我的視線，眼神動了一下。

我自己也不是很清楚，但我的眼神大概看起來興致勃勃吧？

「想喝喝看嗎？」

小姑姑將啤酒罐傾向我。我像受亮晶晶的東西吸引的鳥兒般湊上前。

「喝一點就好。」

「嗯嗯。」

小姑姑將啤酒罐遞給我，不忘叮嚀我只能喝一點。

「竟然讓妳喝酒，被哥知道我就人頭不保了。」

聽小姑姑提到爸爸，我才突然想起來。

「對了，剛才妳在和爸聊什麼啊？」

小姑姑「哦～」了一聲，搔搔臉頰。

「女兒多謝妳照顧，之類的。」

「哦，原來是這樣。」我鬆了一口氣。「是好事喔。」「啊？什麼好事？」

小姑姑哈哈哈地笑著帶過。

「因為哥很顧慮我嘛。」

我的頭突然刺痛了一下。不是因為酒味。

「因為眼睛的關係……？」

「是啊。」

小姑姑沒有特別介意。這讓我得到了救贖，卻除不掉苦澀。

在這種微苦的時候，喝酒好嗎？我心中微微抗拒，但還是試著喝了口啤酒。那是我從沒嘗過的味道。舌尖先感到不適應，接著，苦味排山倒海地灌進來。

我喝下去了。想起「呼乾啦」什麼的電視廣告。

「酒好難喝喔。」

我老實陳述感想。小姑姑像是看到令人莞爾的東西般，噗哧一笑。

「妳真乖巧，好棒。」

「但我喝得下去。」

我用舌頭小口小口地舔著喝。雖然難喝，但又有點上癮。

嗯，喝得下去。

喝啦。

咕嘟咕嘟。

「……喂，只能喝一點唷？」

好好好。

「胸部當然是不摸白不摸啊。」
「哈，是喔。」
「可是我只想摸小姑姑的。其他膨膨的我都沒興趣。」
「真榮幸。」
「好神奇喔，明明就只有差在小姑姑的比較大。」
「不是神奇，是妳單純喜歡大胸部吧？」
喝醉後竟然喜歡巨乳，這姪女真是……小姑姑用力地嘆了口氣。
不曉得為什麼，從剛才開始小姑姑看起來就很頭疼。是我哪裡怪怪的嗎？
我盯。
小姑姑看起來真美，其實她一直都這麼美。
「好啦，別鬧了。」
「鬧什麼？」
「嗯……」

我往前一步。小姑姑立刻把胸部擋住。哎呀呀呀。

「我又不會叫小姑姑嫁給我。」

「那本來就不可能。」

小姑姑從容鎮靜的聲音，在我腦中嗡嗡作響起來。胃液浸到了喉嚨深處。

「我喜歡妳，想跟妳在一起……就只是這樣而已啊。」

告白代替嘔吐脫口而出。竟然是代替，未免也太糟蹋了。

話說回來，這對話有連貫性嗎？可能是因為胃液的味道使然，我稍微清醒一點了。

「我不是叫妳仔細想清楚嗎？」

「我想了，都想破頭了。在我和小姑姑分開的那段時間……嗚。」

一想起那段空虛的日子，心情就好難受。

彷彿現在的溫暖都是假的。

「妳說想在一起，但有考慮年齡差距嗎？」

「這跟年紀差距又沒關係。」

「有關係。十年後、二十年後，我就變成六十歲的老太婆了唷。」

小姑姑捏著自己的臉，擠出好多皺紋。

會變得那麼老喔。小姑姑向我預言。

「妳一定會後悔跟我在一起的。」

我不曉得十年後、二十年後會是怎樣。

小姑姑，變成老婆婆……小姑婆。呵呵呵，好像很可愛。

「就算是充滿皺紋的胸部，人家也愛。」

「妳這小鬼，小心我把妳揍飛。」

小姑姑將空罐咚地一聲放在地板上。

「年齡當然沒有關係啊！因為我實在太喜歡小姑姑了，喜歡一個人……該說是盲目呢？還是情人眼裡出西施呢？反正不管怎麼看都是最美的啊！所以只會愈來愈喜歡。這種喜歡的機制，是無懈可擊的，沒有縫隙！就像遇到水攻一樣，嘩啦嘩啦嘩啦被水推著，不知不覺就滅頂了。隙跟喜是諧音，但我沒有要說冷笑話喔，所以小姑姑不許笑。反正一旦喜歡上了，就只能奮不顧身了啊。這是命運，是必然。說得誇張一點，就算姑姑只有五歲，我也會愛上妳！」

五！我張開手指，得意洋洋地炫耀。

「……妳說的想清楚，就是這個？」

「對。」

小姑姑無語問蒼天地望著天花板，崩潰地哀嚎。

「到底是怎麼養的，才會養出這種變態……」

這樣講很過分耶！不不，還沒結束。

別小看我。

「……我一直有句話想說。」

我半是醉意，半是清醒，決定借酒裝瘋，吐露心聲。

「但妳一定會生氣，所以我不敢說。」

這句話絕對不能說。若我說了，就算當場被刺也不能有怨言。

小姑姑伸出手，將手指沒入我的髮中，由上而下梳理、撫慰著我。

「妳說，我不生氣。」

「我不要妳瞧不起我。」

「我不會。」

「不要討厭我。」

「我不會，妳快說。不說就跟妳絕交。絕交！」

五、四……小姑姑開始倒數。我感到一陣天旋地轉，像被捲入洗衣機一樣，殘餘的酒精從腦中蒸散。我慌慌張張地將身體向前撲，緊緊抓住小姑姑的衣服，把臉埋進去。

一。

獻上我唯一的真心。

「弄傷妳的右眼，真是太好了。」

沒有弄傷，有些東西就不會出現。沒有弄傷，某些人就遇不到。沒有弄傷，就不會喜歡上。沒有弄傷，就不會心跳加速。沒有弄傷……

這一切，都是因為小姑姑失去，才賦予我的。

我們不能否定起點，因為那會讓終點消失，會不曉得該往哪裡去。

樓下傳來親戚們吵鬧的聲音。但跟我，以及我們一點關係也沒有。

在與小姑姑的兩人世界裡，我暴露出為罪惡、過錯而欣喜的自己。

「對不起，我知道這話很過分。」

我靠在小姑姑身上懺悔。小姑姑毫不客氣地說了句「真是的」。

「這話千萬不能在其他地方說。雖然不關別人的事，但被聽到的話妳還是會被罵的。」

「好。」

小姑姑溫柔地輕撫我的背，像在擁抱我。淚水滲了出來，雖然我不曉得是因為什麼而溢出。

「……我的體質跟一般人相比，比較容易記住作過的夢。」

「啊？……是。」

「在夢裡，意識其實是很清醒的。」

我想著小姑姑到底要說什麼，但沒有插嘴，只是等她繼續。

「明知是作夢，卻仍然在夢裡徘徊……日復一日，即便醒來，有時也會分不清現實與夢境。一不小心，就會不曉得自己活在那一邊……但我不會這樣。」

這段話，聽起來像是小姑姑說給自己，以及我以外的另一個人聽的。

耳畔響起一節節呵呵呵的笑聲。

「在夢裡，連視力都是完整的。」

這句話嚇到我了。她用手臂按住我幾乎要開始發抖的身體與肩膀，彷彿要抱緊我。

呵呵呵呵，我又聽見了她詭異的笑聲。

「幸虧有妳。右眼看不見，這才是現實啊。」

用力一收。小姑姑繞到腰上的手，將我緊緊捆住。
「因為有這個眼傷，妳說的話我也能接受。」
小姑姑像把聲音咬緊般地說道。
聲音硬硬的、密度很高，一點也不像在撒嬌。
我無從窺知小姑姑的心境。
但希望有一天，我能全盤了解。
「啊，還有……我也有想說的話。」
「是。」
「妳弄傷我眼睛的時候痛死了，妳這臭小鬼。」
小姑姑拍拍我嚇到跳起來的背，心情似乎很愉快。
「我甚至想狠狠揍妳一頓，但哥和大嫂立刻衝了進來，所以我忍住了。」
「妳可以現在揍我！」
「才不要呢，瞧妳高興的模樣。」
被小姑姑看透的我，心虛地嘿嘿嘿笑了起來。
小姑姑開朗地露出牙齒，再度取笑瘋瘋癲癲的我。

「妳這小鬼。」

小姑姑的埋怨，使我的情緒打從心底沸騰起來。

自正月起一直都是陰天或下雪，但這天從一早就是大晴天。

大方展露的藍天，映入眼簾。我心情很好，騎著腳踏車。

這是新年第一天上工。我發現小姑姑已經走出店門口迎接我了。

怕冷的小姑姑特地出門，光這樣就讓我心裡滿滿的。

「小姑姑早～」

「安。」

我邊停腳踏車，邊把招呼打完。

「妳可以等寒假過完再來呀。」

小姑姑為我操心。我邊從腳踏車跳下來，邊說沒關係。

「因為我想馬上見到小姑姑嘛。」

話一說出口，我的眼睛下方突然像著火似地燒了起來。烈焰吸引著我，我將目光朝下。

「往後也請多多指教。」

我深深地低下頭來。血流集中在低垂的腦袋，血液隨著心跳咕嘟咕嘟地奔竄。耳朵和眼睛都好痛。

「不後悔？」

「我不敢保證。」

但我會盡現在最大的努力。至於結果就交給未來的我。就只是這樣。

「不過即便後悔，一定也有意義。」

我借用小姑姑的話。抬起頭，小姑姑與背景的藍天融合在一起，神色恬適安祥。人生的積累、歲月、不變的情感，全都散發著銀白色的光輝。

好美，我讚嘆著，心被奪走了。

若能成真……

「要一直恨我唷。」

這扭曲的願望，會實現到什麼地步呢？

小姑姑雙手扠腰，瞇起眼睛，漾出平靜的笑容。

我這一輩子，都要活在小姑姑的恨裡。

我想這樣活下去。

將其中誕生的所有意義，隨心所欲地納入懷裡。

少女妄想中

在海天一線

約定在承諾與成真時，哪一邊更教人悸動？

答案是，兩者都令我心跳加速。

我走下沙灘，沙子如火燒般滾燙。我跳著腳，像在跳舞。

「這麼有精神呀？」

聰明如她穿上了海灘鞋，以正面角度詮釋我的跳腳。

「這一點我不否認。」

我的確很興奮，一點也不輸占據了海灘各個角落的每個人。

刺眼的陽光、嗆鼻的海水味、令人厭煩的觀光客。

這正是夏天的海水浴。

與她一起到夏天的海邊。這個我夢寐以求的世界，如今正牢不可破地展現在眼前。

「先來玩鬼捉人吧！」

我好不容易在人潮空隙中搶到一個位子，邊鋪海灘墊邊提議。她放好行李後，歪著頭問道「鬼捉人？」順便眺望了大海一眼，像要望穿海面。

「是指賽跑嗎？」

「嗯，要這麼想也行啦。」

熱鬧氣氛將夏日景色照得燦爛耀眼，一點也不輸給陽光。與春天有如天壤之別。

準備好後，我把背挺直，凝視著海灘說道。

「和妳在一起，是我的夢想。」

先是跑贏她，心願又接二連三地實現。

我最近甚至有點懷疑，是不是做了什麼好事，才令我鴻運當頭？

「我也作過一樣的夢。」

好神奇。她說著，邊苦笑邊搔搔臉頰。

「和妳在一起，怪事都不奇怪了。」

她說著。看她臉上沒有一絲一毫的勉強，我才鬆了一口氣。

同時，我也深深體會到，原來世界上真的有這麼不可思議的事情。

「但兩個人在海灘上追逐，行李怎麼辦？」

這些，她指著腳邊說。的確，這樣沒有人看行李。但好想跑啊……不如帶著吧。

「背著行李跑吧。」

「啊……？這是運動社團的集訓嗎？」

她嘴上雖然抱怨，但還是乖乖背起了行囊。

我們走到海邊，被浪花打溼的沙灘，溫度剛剛好。

「那我要跑囉！」

她緩緩揮手，向我宣告。「去吧！」我說著，連同包包一起揮手。

噗通噗通噗通，脈搏躁動起來。

如果在這裡沒追上她，她會不會又變成幻影消失呢？

我一方面覺得不可能，一方面又因為我們認識的方式太不可思議，而不敢否定。

她背對著我，開始奔跑。踩在吸飽海水的沙礫上的足音，聽起來有點重。我像被拖著一樣，跑了起來。我的腳在動，像以前一樣，彷彿忘了曾經骨折。

我朝著加速前就已瞄準的目標，一鼓作氣地逼近。

……咦？

竟然一下子就追上她了。

我的手搭在她肩上，她緩緩減速，彎著身子停下腳步。

我伸長脖子往後看，確認剛才跑過的距離，嚇了一跳。

「妳跑太快了吧？」

「妳跑太慢了吧？」

我一不小心洩漏心聲，她生氣地都起嘴。

「啊，對不起，我不是那個意思。」

我交叉著雙腿，扭著身體否認，來表示她誤會了。我真的不是那個意思。

「嗯……」

「我們交換吧。」

她向我提議。接著鑽到我背後，推著我的背。

「我來追妳。」

「立場互換嗎？……這……嗯，好。」

其實看不見她的身影，讓我有些擔心，但難得她提議，可不能讓她失望。

「還有這個，幫妳增加負重。」

她把行李交給我。負重真是個聰明的講法，這樣她就輕鬆了。我在心底佩服。

我往前走，拉開一些距離，模仿她說：「我要跑囉！」

「來吧！」

看著搞笑如她，我心想哪有人這樣回答的啦，笑著邁開步伐。第一步踏得很順，我確信狀況不錯。手肘像挑準了空氣缺口般揮動，毫不拖泥帶水。

我陶醉在許久不曾有過、早已遺忘的加速快感中。

我察覺呼吸聲很小，這代表狀況不錯。

前方空無一物，連她的身影也不復見，但身體好輕盈。

不要著急，好好充實自己，原來可以那麼輕盈地活在世界上。

這點，我一直不知道。

對過往的各種小小的懊悔開始萌芽，但我決定切換心情，畢竟人要往前看。

我一定要愈來愈幸福。我再次下定決心。

「喂、那個！妳、跑、跑慢點！」

後方遠遠地傳來抱怨聲。我哎呀一聲轉過頭，驚覺和她已經拉開好長一段距離。我將腳陷入沙子裡，緊急煞車，接著折返。她剛好把腳踝從沙子裡拔出來，猛然踉蹌了一下。我急急忙忙衝上去接住她。

我連同行李抱住站不穩的她，即便再重我也會忍耐，絕不放手。

我邊往後踉蹌，邊將身體穩住，正好一陣大浪襲來。

好冰！我皺著臉，與她互相攙扶。

她真的在這裡。

湛藍的大海彷彿在向我保證般，用浪花將我與她團團包圍。

姪女提議下次休假要不要出去玩，我開了個條件「只要人潮不多」。人潮會讓我覺得彷彿有什麼會消失在彼端，所以我總是盡力躲開人多的地方。向公司辭職，也是因為我再也忍受不了人群。

「小姑姑果然很怕生。」

「……………………」

我有種被揪住小辮子的感覺。

說不定我真正怕的是這個。

姪女坐在她自己帶來的座墊上，有些得意地笑著。她願意體諒我，讓我感到欣慰。這算高興嗎？或許是吧。她與過去的我重疊，讓我有些懷念。同時，我也感覺到姪女應該是真的喜歡我。

回過神來，我發現頭髮表層有種熱熱溼溼的感覺甦醒了。多年不見、早已乾涸的情感，竟然在這把年紀再次湧現。

發生了這麼多事，我似乎也喜歡上姪女了。

我聽她說話說到一半，凝視著她充滿光澤的頭髮。

這是第一個與姪女一起共度的夏天。她放暑假後，便整天泡在我家。關於這件事，哥和大嫂並沒有直接對我說些什麼。跟姪女比起來，哥似乎對自己的女兒刺傷我的右眼，感到更深的罪惡感。他好像也擔心過是不是我不放他女兒走。至於在他擔心的這段時間，要是女兒愛上小姑姑怎麼辦？我想他應該還沒想到這點。要是知道了，他們夫妻倆可就頭痛了。

但我想那一天總有一天會來，躲也躲不掉。

人生就像電風扇的葉片，即便在原地旋轉，也不會停下。

所以「總有一天」總有一天會來。

小時候的我便朦朦朧朧的知道，「總有一天」會不知不覺朝我逼近……但我其實也沒那麼悲觀，畢竟大部分的日子都還過得去。

我知道什麼時候該收、該放。反而是周遭的人總是窮緊張。

「可是這個季節，去哪裡都是人擠人呀。」

「唉，也是。」

蟬多、人也多。平常走在路上都是車，明明很少見到有人走路，但哪天稍微出個門，人潮又多得教人束手無策。所以我真的不太想出外走動。

但難得有人邀約，我理應陪她去。

何況是比起約其他人只想約我的她，這就更不能拒絕了。

「去海邊呢？」

姪女開朗地提議。光聽到海，彷彿就聞到了海水的鹹味。

「我都這把年紀了耶？」

「跟年齡有什麼關係？」

當然有啊，像是穿泳裝啊。還有會晒傷啊、肌膚會變粗糙啊等等。

「海啊……」

我支吾著，撐起臉來。一改變角度，臉頰右側便射來了刺眼的強光。

我抬起頭，呼地吐了一口氣。

「天好藍啊。」

從窗戶看出去的風景，是一片讓人想縱身而入的蔚藍天空。連雲都不見蹤影。

夏天竟然有這麼清楚分明、色澤濃郁的天空，實在很少見。

這樣的藍，使我的眼角像起了波浪般溼潤起來。

「好藍。」

我又說了一次，姪女似乎注意到了，也望向窗外。

「小姑姑喜歡藍色嗎？」

姪女問我，我瞇起左眼。

「好耀眼。」

「妳沒有回答我的問題呀。」

因為沒有答案，所以只好以其他話語取代。

藍就是藍。不喜歡，也不討厭，就存在於那裡。

「…………」

一道追著小小背影的影子，朝著藍藍的日子跑去。

就存在於那裡。

「海好鹹。」

一抵達海邊，我刻意這麼說。

「那是什麼意思？」

「我只是覺得，海好寬廣這樣的感想，太隨便了。」

但我其實真的覺得好寬廣。視野中遮蔽物極少，令我坐立難安。

我不曉得該看哪裡才好，像個迷路的小孩。

「人比想像中的少呢。」

本來我以為人潮會和國外海岸上浮現的海參一樣密密麻麻，結果連攜家帶眷的遊客都很少。

「對其他人來說是平日嘛。」

「哦，難怪。」

像我這樣自己的擬老闆，休假其實是很不固定的。

我將帶來的小遮陽傘立起來，鋪上海灘墊。接著輪流顧行李去換衣服。回來的姪女穿著藍色的綁帶比基尼，下半身是熱褲。

「哇～」

跟我比起來露更多，而且腿也太白了吧，讓人很想把比基尼的繩子拉開……腦中閃過一堆畫面。

大概是因為被我沒禮貌地上下打量吧，姪女抱住自己的手臂，眼神飄了開來，應該是在害羞。這每一個動作都這麼天真無邪、嬌嫩可愛，實在無法讓我忽視年齡的差距。

「嘖。」

「為什麼要咋舌啊。」

「開個玩笑罷了。對了，我們為什麼來海邊？」

身為在離海頗遠的城鎮中長大的人，我對來海邊玩耍實在沒什麼概念。

「為什麼？嗯……游泳？」

畢竟穿泳裝嘛。姪女拉了下比基尼的肩帶這麼說。原來如此，我心想，直直地望向海面。游泳的人非常少。

原本站著的姪女，也跑到陽傘下坐在我身旁。

「小姑姑沒有來過海邊嗎？」

「來過好幾次好嗎？不要瞧不起我。最後來是國小時的家族旅行。」

我還記得在景點買伴手禮時，煩惱了好久。

我也還記得收到禮物的那個人，含糊地漾著笑容，卻一直盯著遠方。

「和我差不多。」

「嗯。」

「其實我連海水浴的做法都不熟。」

姪女向我坦白。

「那可傷腦筋了。」

「傷腦筋。」

我們兩人抱膝坐著。即使沒有直接晒到太陽，炎炎暑氣還是不斷逼來。

在陰影下，彷彿也能被悶熟。

「其實是因為我想跟小姑姑一起來海邊。」

我看著姪女。她說出邀我的原因，羞澀起來。

「應該說……我想和小姑姑去更多各式各樣的地方。」

姪女撒嬌似地聲音與往上看的眼神，讓我不由得想抱住她的肩膀，但我忍住了。

「……妳啊，不要說這麼可愛的話好不好。」

我邊摸她的頭邊叮囑她。

「啊？好，對不起……？」

感覺她不曉得自己為什麼要道歉。

其實我也不知道。

「啊，對了。我帶了一個東西來。」

我把手伸進放在一旁的包包裡。

「反正閒著也是閒著，我們來玩這個吧。」

「玩什麼啊？」

「球。」

「哦～」

我找出躲在包包角落裡的小傢伙，輕輕放在姪女手上。

「這是什麼？」

她用掬水的動作接住球，呆若木雞。

「球啊。」

「球？這是網球啊？」

姪女一邊晃動著手中的球，一邊錯愕地問。看來她以為是海灘球。

這顆網球，其實是我平常用來按摩背部和頭用的。

「反正兩個人打沙灘排球，也不好玩啊。」

我猶豫著要不要把披在肩上的上衣脫掉，最後直接出了陽傘外。我朝姪女招招手，叫她快跟上，姪女手中滾著球，跟了上來。沙灘與乾爽的我們不同，熱得像沸騰一樣。

在人多的地方很難玩丟接球，幸好這裡人很少。

「我要丟囉！」

「來吧！」

抓好距離的姪女，緩緩揮動手臂，將球投了過來。黃綠色的網球畫出輕飄飄的拋物線。我輕鬆地接住它，握緊，投回去。姪女雖然動作不太穩，但還是接住了。

我們又丟了一輪，姪女歪著頭，但還是投回來了，我接住，投過去，她再接住。

習慣後，球速增加，我不再老神在在，踩在沙灘上的腳變得好重。

球趕著我跑，我全速奔馳起來。

快跑到底哪裡有趣？我至今仍然不懂。

「好玩嗎？」

姪女邊投邊問。

「不，還好。」

我老老實實地丟回去。累了，也出汗了，難得來海邊，卻一點也不涼爽。

我到底是來海邊做什麼的呢？

但這麼回答的我，臉上肯定堆滿了笑容。

因為面對我的姪女，笑得好開懷。

雖然我們沒做什麼事，但過得一點也不無聊。

其他的觀光客都回去了，人一少，視野就更與大海連成一線。

畢竟我們是中午過後才來的，如今太陽已經西沉了。遠處的海面順著斜陽，開始轉變成金黃色。光是顏色變換，體感溫度也跟著大幅下降。

為什麼連風吹起來都變得那麼溫柔呢？

「…………」

光的變化，勾起了我眼眸中的鄉愁。

我望著逐漸消逝的藍天，望著事到如今早已遙不可及的日子裡，我所失去的東西。

誕生在我心中、那份我以為會永遠伴隨著我的思念，竟日漸躁動、不安起來，我拚了命想留住它，卻沒有成功。失去右眼後能坦然接受，也是因為先有了這段經歷吧。不會消逝的東西，都只是癡心妄想罷了。

眼睛闔上，光便暗去。

耳朵堵住，音便中斷。

一離開，就什麼也不知道了。

至今為止，我已經失去太多、太重要的東西。

往後，我還會失去什麼呢？

隨著日暮西斜的天空，海面點起了溫暖的火光。

微弱的太陽與延伸到海面上的光芒，彷彿一座朦朧的塔。

「大海和天空，好像連在一起。」

姪女的這句話，令我很想搔搔頭。我好像在哪裡聽過。那是我說的？還是別人說的？我無從判斷。我對著眼前的風景產生共鳴，心想是啊，彷彿連在一起。

但是……我又在心底反對。雖然矛盾，但兩者在我心中都是存在的。

「可是天空與海洋，絕不會交會。」

天與海即便相像，即便總是對望，但……

但海，碰不到藍色的天。

「不要講得那麼寂寞嘛。」

姪女向我抗議。是我破壞了氣氛嗎？

我正要道歉，姪女的手便疊到了我放在海灘墊的手上。

之前也有過一樣的情境。

一回神，我發現姪女正在偷看我的表情。她看起來很緊張。我覺得她的臉好近，將手覆上她的臉蛋。夾在手指與臉頰間的頭髮滑滑的，從指縫間溜過。姪女向我靠得更近了，連另一隻手，都覆在我手上。

她停不下來了。

眼看就要撞上去了。像緩緩目睹車禍現場一樣，我也動了。

姪女與我唇瓣相接。

腦海中，浮現出破損的石塊斷面貼合的畫面。

不同於冬天，我們的嘴唇都沒有乾裂。

帶有海水的味道。
姪女的雙眼與臉頰變得紅通通的，一會兒便放開了。
我抱著姪女的肩膀，分不清是她的肩還是我的手，哪邊比較燙。
「腦袋輕飄飄的，好像要暈倒了。」
「妳的判斷是對的。」
一想到我和哥的女兒接了吻，亂倫的罪惡感便令我暈眩。
「我覺得這就是初戀。」
姪女抱著膝蓋，僵著身體，邊擺弄腳拇趾，邊歌詠青春。
一聽到是初戀，我的眼神幾乎就要游移起來。
我一面想著，初戀是我沒關係嗎？
另一面又想著，有什麼關係呢，多麼耀眼。
肌膚有點刺刺癢癢的。
「……夏天好像也不錯。」
我呢喃道，姪女抬起頭。
「妳剛才說什麼？」

「沒事……話說回來，這樣我不成了蘿莉控了嗎？」
而且還是抱著小自己超過二十歲的女高中生的肩膀。
要是我是男的，早就有人報警了吧。即使不是男的，也會引起家族爭議。
「嗯……不曉得耶。」
「以我二十歲時來看，不就是喜歡上還沒出生的孩子嗎？」
「那太恐怖了啦，這樣小姑姑太恐怖了。」
「是啊，好恐怖。」
追著根本不存在的人，墜入情網。
只能說瘋了吧。
我與姪女依偎著彼此，面對即將與天空融化在一塊兒的大海。
海面湧起細碎的浪花，將海灘不斷抹平。
眼前的風景刺激著繁雜的記憶，灌進鼻腔。
這份景色，將會成為記憶的一部分。
臨死前，我一定要回憶眼前的光景。

從海邊回家的路上，我們沿著堤防小徑走到公車站。

海岸邊塞滿了消波塊，海面的彼端紅似火，近處留下微弱的藍。

我明明很少來海邊，卻彷彿在哪看過這道漸層。

這份錯覺愈來愈強烈，連海風都教人懷念起來。

走在左側的姪女，反覆撫著嘴唇。她那不知所措的模樣，看起來好可愛。我知道那代表什麼意思，但故意裝傻。

「妳吃到沙子了嗎？」

姪女抬起頭，瞪著我。露出的牙齒閃耀著炫目的橘色光芒。

「小姑姑明知故問。」

「沙沙的。」

「……好啦，我知道了。」

姪女微微張開唇瓣，抬頭看我，表示麻煩妳了。

眼中的不安與興奮彼此交鋒，像海面般溼潤、搖晃。

「有嗎？」

如夕日緩緩升起，她的臉由下往上漸漸轉紅。我知道她想要什麼。
從肩膀、脖子到眼睛都被夕陽染紅的姪女，美得令我動容。
比起可愛，更美。
「……有沒有呢？讓我來檢查一下。」
我微微蹲低，覆上嘴唇。一把臉湊近她，海水的味道就增強了。
我碰到舌頭。
舌尖上一顆顆的沙粒在滾動。
「…………………………」
我慌忙把臉挪開。那感覺就像舌頭探入了海底。
我感到一旁的視線似乎想說什麼，但我看向大海。
「那個……」
「有沙子耶。」
「我覺得是妳帶進來的。」
這下不必出聲，也沙沙的了。
看來沙子卡進她的牙槽裡了。

「討厭啦。」

姪女捏了我手肘的皮懲罰我。但我仍然望著遠方。

我看見海上有船在擺蕩。我的眼神追著它，連我也跟著搖搖晃晃起來。

「好多事情都像在作夢。」

聽見姪女柔軟的聲音，我的眼神回到她身上。姪女已經氣消了。她靦腆地露出微笑。看著她的我，想必也漾滿了笑意。

我這才發現，原來我比想像中的還要更喜歡她。

因為我知道，那就是我愛上的人會有的笑容。

「像夢一樣……」

有一個愛上我的人，而我也回應她的愛。

對我來說，這是最理想的。

有時我會懷疑，這個世界是否只是我的夢。

其實回頭看，回憶就是這麼回事，彷彿昨日夢境的碎片。不論快樂或悲傷，這些時不時冒出的回憶，都會在時光洪流中磨損。正因為它們會被遺忘，某日突然回憶起來，又會跟當初認知的不同。

因此除了如今眼前所看、所感，沒有一項是牢不可破的。

不論是夢境或現實。

我望著海。

景色如幻，但包覆著身體、那恰到好處的疲勞，又的確是現實，然後產生夢境。

追著幻影，面向現實，與夢境交錯。

過去、現在與未來。

活著，或許就是在不確定的邊界中來回。

在這樣的日子裡，姪女沒有一絲陰影的笑容，比夕陽更璀璨、耀眼。

使我不自覺閉上雙眼，連頭都要低下去了。

接著。

如雲朵覆蓋住太陽。

一道人影從我的右肩擦過。

我嚇了一跳。

那直接碰觸心臟般的回憶，令我的身體跳了起來，像世界被轟炸。

人影應該只有一人，又或者我感覺到的是兩人的腳步聲。

輕快的腳步聲。

如氣泡般滿溢、迸裂，在我心中激盪。

如果是在左側。

或是我右眼沒有失明。

或許我就可以更快反應、回頭。

或許就能確認。

當我注意到時，氣息已經消逝在彼方了。

結果我並沒有停下來回頭。

留在口中沙沙的觸感，提醒著舌頭向前。

提醒我把臉面向前方。

勸諫著我不能停下。

「怎麼了嗎？」

姪女似乎什麼也沒發現，她轉頭問我。

「……沒什麼。」

是，什麼也沒有。

我的夢早在十五年前右眼破裂時就結束了。
那覆了層膜般的每一天，被純潔的傷痕抹去了。
所以，我不再追夢。
我邁開步伐，追著姪女長長的影子，向前走去。
不闔上眼睛。
不堵住耳朵。
不再逃避。

失去的東西拿不回來。
也不能用其他事物彌補。
所以更要將欠缺的部分磨亮，活下去。
在古老乾涸的記憶美得教人泛淚的，海與天之間。

後記

大家好，我是入間人間。這是我今年出版的第一部作品。我已經很久沒在Media Works文庫上發表作品了。這次的風格既像短篇、又像長篇，希望大家會喜歡……想寫的內容一下子就寫完了。

基本上，我都窩在家裡寫稿、玩、睡覺，日復一日。所以也沒什麼近況好交待，這樣的生活已經持續了將近十年。我與十年前相比什麼也沒變，看看周遭，倒是有些東西變了。

很多事物消失了，但也有很多事物誕生……但願有。

謝謝幫我繪製封面的仲谷老師。

也要向我的責任編輯致上謝意。

當然，還要感謝購買這本書的人。
雖然有些遲了，但還是請大家今年多多指教。

入間人間

※文中所述為日文版發行時情況。

國家圖書館出版品預行編目資料

少女妄想中 / 入間人間作 ; 蘇暐婷譯 . -- 初版 . --
臺北市 : 臺灣角川 , 2017.08
面 ; 公分

譯自 : 少女妄想中
ISBN 978-986-473-771-0(平裝)

861.57 106008469

輕文學
Light Literature

少女妄想中

原著名＊少女妄想中。

作　　者＊入間人間
插　　畫＊仲谷 鳰
譯　　者＊蘇暐婷

2017 年 8 月 10 日　初版第 1 刷發行
2024 年 7 月 5 日　初版第 6 刷發行

發 行 人＊台灣角川股份有限公司
總　　監＊呂慧君
總 編 輯＊蔡佩芬
主　　編＊李維莉
設計指導＊陳晞叡
美術設計＊吳佳昫
印　　務＊李明修（主任）、張加恩（主任）、張凱棋、潘尚琪

台灣角川

發 行 所＊台灣角川股份有限公司
地　　址＊104 台北市中山區松江路 223 號 3 樓
電　　話＊（02）2515-3000
傳　　真＊（02）2515-0033
網　　址＊www.kadokawa.com.tw
劃撥帳戶＊台灣角川股份有限公司
劃撥帳號＊19487412
法律顧問＊有澤法律事務所
製　　版＊尚騰印刷事業有限公司
I S B N＊978-986-473-771-0